INK
文學叢書
092

善女人

林俊穎◎著

周后稷，名棄。其母有邰氏女，曰姜原。姜原爲帝嚳元妃。姜原出野，見巨人跡，心忻然說，欲踐之，踐之而身動如孕者。居期而生子，以爲不祥，棄之隘巷，馬牛過者皆辟不踐；徙置之林中，適會山林多人，遷之；而棄渠中冰上，飛鳥以其翼覆薦之。姜原以爲神，遂收養長之。初欲棄之，因名曰棄。

——《史記・周本紀》

他的誓言拖出她所有的力量
他教她如何打同心結
她的誓言將他的眼睛泡在福馬林
在她祕密抽屜的背後
他們的尖叫困在牆裡
他們的頭跌入睡眠像一棵垂下的檸檬的兩個半邊
但愛是難以停止的
在纏繞的睡眠裡他們交換手與腳
在夢裡他們的頭腦互做人質
在早晨他們戴上對方的臉

——〈LOVESONG〉by Ted Hughes

【目次】

母語

五月就來了今年第一個颱風。

颱風眼在巴士海峽打盹，電視螢幕上的衛星雲圖一如胎兒的超音波照，那熱帶性低氣壓漩渦就像胎音的怦動。

間歇的豪雨與涼颯裡，我晚睡晏起的有了一頓長長的好覺，窗縫呼嘔呼嘔的鬼哭中醒來，口乾舌燥。

城市上空鉛亮，整棟樓卻給風雨搧得慌慌的。

那風雨胎兒已掙出子宮，哇哇啼哭，揮舞手腳。

我想起恐怕有好長一段時日沒有打電話給我祖母。然而，一下子我不知道她在哪裡。

接電話的是我父親，他一聽出我的聲音，便擱下話筒，喊我母親。我與我父親不講話已一年多，他厭惡我選擇的生活方式而固執的用惡意的沉默懲罰我。

我母親絲毫不掩飾她的不耐煩，說，應該是在你三叔那。

三叔的女兒，長期在夜市叫賣的走江湖聲口，阿嬤？拜託幾百年沒見過了，不在我家。啪的掛電話。

大概是颱風影響，話筒裡沙沙沙的像白蟻在啃蛀，我四叔嚼著花生米，反覆問，你是誰人啦？我用了三種句型回答，他才恍然大悟，呼的吹掉手掌裡的花生膜衣，嘿嘿笑說，你在台北賺大錢吼，啊賺大錢嘛得稍庇蔭親戚五雜，多人多福氣，有扛轎的才有坐轎的，嘛才會久長，你講四叔講得對麼？

我問阿嬤有在無？

四叔嘖的一聲，要兩個月後才輪著來我這啦，這時伊應當是在你老父那才對，你那咧問這？若講到你阿嬤，有夠歹剃頭，我給伊講阿母我明年六十啦，欠人奉侍已經悽慘了，還得要侍候你，你勿當想自己是皇太后喔，你吃我的用我的睡我的，得要有斬節，身體千萬自己顧好，我是無量剩錢給你開喔。老歲人自己得要覺悟，日子才會過得快活……

我啪的掛上電話。

二姑丈說過重話，你阿嬤生那四個兒可比放四浮屎。

長年爲精神衰弱與失眠所苦的二姑，聲音飄忽，提供線索，你大姑去溫哥華幫她女兒做月子，有可能跟著去？三姑冷冷的撇清，給人罵女兒賊一次就很夠了，後頭厝無論再發生什麼，莫講給伊知。

風雨愈來愈強，不時滂沱一陣，窗玻璃上撒豆成兵，我握著電話筒，耳朵摀著它太久而充血燒熱。

大半年了，我不再打電話給她，愈來愈重聽，簡單一句話我吼了三四遍，她終究是聽不明白，因而發起無名火遷怒於我，聽無啦，話筒一扔。

偶爾她耳朵靈通了，又怨我那麼久都不打電話，找無人講話，心內鬱卒。

我笑她，今日不臭耳聾了。

今年八十六啊呢，全身軀機械壞一半較多，等於棺材踏入去一半，勿當嫌啦。

那語尾助詞的呢，ㄋㄟ，台日語混種的陰性表情，嬌憨的女兒態還陰魂不散，常被姑媽們引爲笑柄。

最近心臟常常劈啪喘，喘得勿得講話，眞正老人要死，尙好一下子就給去，若拖磨著子孫像你六舅公就悽慘，我逐天念經都跟佛祖求。

過往她與兒子媳婦賭氣之後，與我通電話時還氣，拒不言語，呼吸一促一沉。她譬如關上所有門窗，僅從門縫游移透露訊息，過往時日太久太遠，累積壓縮的渣滓岩屑彷彿夢涎流出。

用了八十六年的聲帶，淤積乾枯，我等著她沙啞的說，是不是落雨啊？

其時，晴空天光像刀刃鋒稜一閃。

雨聲讓我覺得寒冷，我若無其事的又睡了一夜。

隔天早上，颱風轉向遠去，天空灰雲疾走，大筆寫天書；房裡壁上我從老家搶救回來的掛鐘滴答滴答，自顧自的記錄另一個時空的思維。

我確定我祖母失蹤了。

至今，我遇見過三個道行高深的算命者，他們共同算定了一事，我祖母很長壽。

他們篤定的等著我對答案。很長歲壽喔，一句話一如魚餌拋在空中閃著貪饞的光。

在那黴腐的冷氣與焦苦的咖啡香繚繞的空間，彷彿進天堂或下地獄前的等候區，進來離去的人都背著一袋無形包袱，身上沒有光彩，唯聞玻璃與瓷器撞擊的清越。

「你是——秋天生的？」

坐我對面的老女巫這般問，我壓抑著不讓顏面洩露形跡。我不懷疑她在肉眼之外周身遍張著纖維雷達，很快定出我的生辰落點。

但我肯定她不記得我是文藝青年時跟校刊編輯一票去採訪她，在那擺滿柚木家具的典雅客廳，她是個熟豔婦女，十指塗著鮮紅指甲油，與我們解釋她取樣章回小說人物的命理學操作。那些散發瀲灩感的柚木映著天光，時間感凝縮彷彿停止，而攤疊一桌子的線裝書畫冊繡本，氤氳著儒雅古老的氣味。

風情嫵媚的女巫蠱惑我們進入一個遙遠的時空，天干地支星斗有機的秩序羅列，只要一兩顆星宿的調換錯位，流年改變，沖刷出一生不同的地形地貌。

「譬如以我自己爲例，我小時候是養女。」女巫綿綿自言，澄靈而大的一雙美目，現在眼角鬆垂。那時已長成粗魁男人形態而今是財經電視節目名嘴的D君，當天是如此被女巫嘲笑：你的妻室嗯以現在的話語比喻是女王蜂型的，可以不眠不休搞你一夜，第二天早上你啊還得爬著去門口幫她拿報紙牛奶，吃完早餐，來，再繼續。

無人敢笑。D君穿白色運動襪的雙腳互搓，窘得呲露一口白牙。我們想到他珍藏一抽屜花花公子跨頁的大哺乳動物。

女巫被他的稚氣逗得仰臉大笑，一把檀香扇啪啪打著胸。

「命好身好限好，到老榮昌；命衰身衰限衰，終身乞丐，不怕不怕，小朋友。命是定的，隨運轉化，所謂運用。」

說了等於沒說，我那時心想，兩桶水倒來倒去。

下午的時光，柚木上流盪的光澤，蜜與油那般。女巫後來婚變，移民，海外創業，又回流返國。我在一家髮型工作室的乳白大沙發上翻著一本本圖勝於文的八卦雜誌，突然女巫曝光。噢，原來你在這裡。廣告報導化奇觀化，然而美人不許人間見白頭，用的都是她二十年前的玉照，幹的還是出賣天機的營生。

老女巫戴上老花眼，端詳她手上的PDA，觸筆於螢幕上點幾下，說，你屋裡多放些綠色植物，對你有幫助。

可是我沒有綠手指，養什麼死什麼。我想到廚房後陽台一疊空的塑膠花盆。

「那當然，你會一樣，就不會另一樣。找朋友幫忙，澆水，挪去曬曬太陽，換換手氣，就有救。」

老女巫又盯著我臉，說，你祖母——不太好剃頭吧？

心一驚，仍然嘴硬，怎麼說？

懶得破除我的心防，她乾脆不理會我，將PDA收進黑色塑膠套，問我身旁的B君，狀況改善了多少？還是每晚亂作夢？

她拂撥蔓肩的鬈髮，那髮型曾有個名字不是，法拉頭，連結著象徵陽光健康與富裕的加州。所謂年齡的意義，不論如何與科技與潮流同步精進，就是或多或少拖著條尾巴日習慣。

瘦得顴骨高聳，窪出一張大嘴的B君，是我朋友中的年度衰人，一年倒閉三家公司，做保人遭殃房子被法院查封，妻子突發紅斑性狼瘡，兩人自嘲是蝴蝶夫人與蝴蝶君，每晨醒來唉呀活不下去了全身痙攣、乾嘔。

老女巫開藥方，你床下除了棉被不可堆放東西，至於作夢是與創作力成比例——你不是喜歡看容格的書？他老先生解釋得很清楚。

老女巫的話裡眞義是，書寫文章，買空賣空，不過是自尋煩惱，大可不必。文字創作，癡人作夢，快醒醒吧。

她的目光精銳的與我一電，空中似乎有焦炭香。

記得那則小寓言，一盲眼西洋老婦突生起寫作大志，摸索找出古舊打字機，心思啓動一如水庫閘門大開洩洪，夜以繼日瘋狂的打，作品完成便安心撒手死去。但打字機的色帶早報廢沒有油墨，她的遺作只是一張張一疊疊隱約有透明字痕的白紙。

B君之尊崇老女巫，應是當作心理醫師的功能，一如我是他痙攣乾嘔後的牢騷垃圾桶。他，業餘文字創作者，卻不寫商業工具的文案，不爲暢銷消費或實用書籍捉刀作嫁，一心一意說要開創一種文體，建立一種風格，成就一趟文字的發現之旅。就像、就像三百年前葡萄牙船員初見台灣快樂大喊美麗島。那是長篇歷史小說或所謂的大河小說囉？我問。噢不，還不確定，應當說文類不是重點，你曉得阿拉伯數字其實是印度人發明而阿拉伯人湊巧媒介給全世界，又法國人對數字與加減乘除另有一套我們大罵笨死了的邏輯，又電腦最基本的單位只是0與1，還有那個大天才希爾伯特在一九〇〇年提出的二十三個數學問題——這種種，與小說敘述如果結合呢？我想試試，看會變出個什麼怪胎，或者也歸納出幾條通則。

B君說著，兩眼高燒般的發亮。

老女巫語重心長的點撥B君，要寫嘛就多寫有福分的東西，對你自己有益。好好研究一下暢銷書排行榜的書名。

譬如，7-ELEVN之戀——二十四小時全年無休的享樂原則。第一次的親密接觸——人人都是返祖型動物。我的天才夢——爲什麼我立即想到索羅斯量子基金、一將功成萬骨枯、掠奪。過得好，因爲我値得。心靈雞湯。做個好命女——噯不得不承認，確實人見人愛。

毛澤東定律，謊話講一百遍，就是眞的。

又譬如，老女巫說，那個司馬遷好大口氣要通古今之變究天人之際是吧，老天就先讓他閹了，讓他不能通。不通，然而能量就像蒸氣機製造的熱氣一直出來，等整個人灌滿了，就砰的一聲爆通了。

我毛骨悚然而頓悟，站在命理的觀點，書寫等同於念佛誦經以增福慧消災厄？反之，就是自謗自殘惹禍上身？書寫，隱含著神祕參與的預言力？實例，一朋友出了本書自作新詞韻最嬌取名什麼五衰，一上市就害得出版社倒閉、總編輯患重病、自己被情人背棄、失業、電腦硬碟中毒全毀，一路帶屎、一路衰。

我想到文藝少年時讀過女作家這樣寫的，因爲一無所能，只得轉而虐待這隻右手了。左撇子得以慶幸不在此例。年少無知，迷戀那一行文字何其淒美。

我回看老女巫深深一眼，她凜然一震。你的意思莫非是較嚴肅的文字創作者類同於盜火者普羅米修斯、命盤解讀者，那麼，不妨多報喜少報憂，散播快樂希望與愛，等於是做功德。

——也是衰人普羅米修斯，每日內臟爲鷹啄食，翌日內臟復生完好，鷹守時再來。切記尼采之言，當你窺視深淵之時，深淵也在窺視你。

B君頑石一顆，有聽沒有懂，笑咧大嘴說，太史公，我沒那麼偉大啦，寫不寫得出來都還是未知數。

後年你就開運了，而且非常的好，老女巫說，再忍耐一下，台語用吞忍兩字，你們不覺得更傳神嗎？

哀，B君的喉結滾了滾。

噯，巴黎羅浮宮遙遙相對的摩天輪，若你懼高症當是災難坐上去，繞到最高點，繞一圈，你全程張大眼或閉緊眼睛只害怕，兩者的差別是什麼？你看見了整個巴黎，並且了解浮生若夢，這與機率沒有關係。

舊金山附近的十七哩，世上絕美的海岸公路，走一遍能夠多久時間？走過驚嘆後不能忘了，以後的路怎麼開下去？這與選擇也沒有關係。

老女巫知不知，B君另一個大夢，開一家骨董玩具店，每月辦一次玩家現寶交換聚會，以紀念他富家少爺美好童年爲出發點，遂行報本返祖——比說回春還童更貼切的心靈治療。他那世代的影視偶像Tony梁，其實是好內向害羞的蟹男，演戲卻是隱身在角色與狀況之後的痛快揮發。正如玩具之必要。B君每次壓力大到快扛不了，飛機一搭，直奔九龍旺角兆萬中心Toys Market泡一天，就近「極之好」吃兩餐。橫豎疊搭霓虹店招滋著電光，鐵條框架淌著鏽汁，如果不幸是鹹濕雨天，就很像海底沉城附生珊瑚礁，其中千萬年不壞的是塑膠，而最厲害塑膠煉金術士是日本Medicom玩具公司，一點五吋到三吋的Kubrick Figure，俏皮立體玩偶，最紅的是小熊BE@RBRICK系列，每季推出新款，以限量、盒裝隱藏版炒熱行情，與蒐藏迷鬥智，迄今有淚眼炸彈、人面犬、維尼熊三種隱藏版。沒有理由，這塑膠玩偶也彷彿靈物的王國，一身陷如流沙就很難很難跳脫。誰教他們大量取材歷來的科幻電影電視人物、漫畫，甚至搖滾樂團性手槍的席德也有。他喜歡豆腐人，怪醫秦博士，頭戴像北海海盜頭盔的Evirob，以及Mazinger Z系列。一套三十隻如閱兵隊伍色譜繽紛的Pantone，委實難以決定要不要擁有。不然，大眼大頭怪怪娃Blythe好高凸的額頭，有一款血紅長袖上衣，繫透明黑紗裙，血紅三角褲走光，很淫蕩。一旦染指，就是一場災難。港島回南天，反潮得讓人犯鼻病，馬上得去趕最晚一班飛機返台，無菌室般機場快線無人言語，窗外大海無量無波，一切掌握中的魔法與時空朦朧的無動力磁場已經在消失了，那小小的可愛虛假的童稚稍後變質，難耐其重。

老女巫知道天上星宿，人命的流轉，但是，我之世代增生繁衍不斷突變的偏執、戀物癖，是另一個星球的分子間的補綴與聯繫。在她看，黏著蟲蛾屍骸的蛛網。

你太太呢？老女巫問。

太太，聽著好奇怪的詞彙，像烤章魚的暴凸眼珠很想將之摳下。妻，某，多麼發思古之幽情，或者乾脆生理化的性伴侶，總之，配偶的意義日漸蛻輕。

B君老婆，考過美國CPA的會計碩士，兩人行使著若即若離的共生關係，財務各自獨立，家用均攤，協議不生不養，雙方家族聚會甚至除夕圍爐一概不參加。一種極簡潔癖風格，也是不毛之地。曾經老婆來探我們週五晚的酒攤，拎一個鳥籠，內棲一隻灰白羽冠鸚鵡；冰山不語，可是距美人有段距離。之後鸚鵡感冒死掉，老婆狼瘡發作，遂自愛的寡居一房，成立工作室，專接遺產稅諮商規畫，並鑽研風水與生機飲食，立下志願五年內一遊亞馬遜河。B君鄉下老母說，生個小孩吧，可以改變查某人體質，小孩我幫你們帶。B君出差一週，老婆將主臥浴室多開一門，是面仿水泥牆，安藤忠雄之風，他一連穿過兩道門，坐在她床邊，熱淚湧上而嗆鼻，兩道門，其間新鋪土耳其玉顏色磁磚，貿易風暢行的海域，清涼陌生，張口喊喂之前，已是一個尷尬的闖入者。

老婆全天候在家，電腦也開整天，抓歌下載燒錄成碟片，聊天室化名奶油阿飛就是蝴蝶直譯，養e寵物又夭折，與兩個e化人同居，化身二十八歲e男，從事創投業。白天黑夜，打屁留言，打破時間的規矩。

老婆發e話，也稱對方老婆，抱怨加班累斃，又遇見ㄠˋ客，雖然e境中他天天上健身房的猛男。e老婆撒嬌，人家幫你放洗澡水，投入新鮮檸檬皮ㄜ，包你清涼爽快雀巢檸檬茶。e二老婆嬌嗔，我的是牛奶浴，優沛蕾ㄟ，你敢不洗我的試試看。

電腦開整天，老婆自覺要平衡虛擬與現實，不斷改換家中布置，從不謀面的諸多e化人熱情婆心的給建議出點子，短則數字長則幾百字。來自夢的侵略。甚至逼眞的畫出平面圖附件e信裡，或者窗帘布採購，從永樂市場起列出一長串資訊，包括老闆的買賣花招與商譽評鑑。

他進門，玄關脫鞋，電腦螢幕有一扇門，一縷遊魂遁逸其內。室內空間徹底變樣，搞什麼鬼啊，他冒著腳汗踏上木地板，暈眩的完全是個闖入者。夜半亂夢吵醒，進浴室，老婆已在裡面，臉白且圓大如月。月亮自他背後抱他，燒熱的，啊是夏天暖流海面上的月亮。

老女巫另有約會得先離去。我以爲她有蝙蝠翼的斗蓬。

她善心的再提醒我，屋內多種些綠色植物，至於B君，多留心你太太。

老女巫講不來你老婆，我們的語言。

於是B君空茫的眼神，收起一紙命盤，陀螺般困在那句咒語裡打轉。

他珍藏的BE@RBRICK塑膠玩偶淚眼炸彈熊，一談戀愛便爆炸全身焦黑，左眼下凝著一大滴白色淚珠。

親愛的老婆，他希望擲下炸彈，煙霧中，一切逆轉，回到最初。親愛的老婆。

●

我祖母一生唯一的紅姨經驗，發生在她出嫁之前。

法師手牽青暝紅姨，入大廳，八嫂最有主見，搖手說無妥當，一陣人移往灶腳，後門窗關上，雞母趕出。

那天都是女眷，六嫂七嫂八嫂，三嫂四嫂也來鬥鬧熱，鹹菜彩蓮阿好巧姨阿坤姆。阿母與紅姨面對面坐著，身邊大圓桌的桌罩旁是大兄生前一襲衫褲。紅姨取出一條兩三尺長線，兩頭穿針打結，一支插在大兄的衫褲，一支插在伊的頭毛，開始喃喃唸咒。法師像柴耙，黑又粗勇，焚香點燭，燒黃紙錢，在紅姨面前上下搖動。紅姨胸坎一浮一沉，尖細聲音講有請林某某，突然全身一抖，目睛反白，哀哀叫乳母乳母我眞艱苦，我腹肚痛像火在燒刀在割。乳母是阿坤姆，彼時六十多歲了，聽著雙腳一軟就屈下去。

阿母問話，伯璣你在那好麼？有需要什麼？

紅姨晃頭，不好，艱苦，我不甘願啦，抬頭環顧像隻鵰，眼白像一角月娘，問，二嫂你在哪？當初你跟二兄向我借五十塊銀，全放毋記了？紅姨眼白一翻三翻。

阿母定靜又問，伯璣你有睹著你老父無？

紅姨搖頭，在做城隍爺，我哪見得到。大力拍大腿，乳母乳母的哭喊。阿坤姆也哭，心肝的可憐哦。

是哪一位的城隍爺？阿母追問，目眶也紅了。

三嫂壯起膽子也問，大兄你的母舅、大嫂阿兄去唐山廣東了後就無消無息，你敢知是去哪？

大灶裡火灰護著火種溫熱著，阿母移了椅凳，身軀靠岸，在紅姨耳孔邊喊喊嗟嗟。紅姨喉嚨含了燒油般怪叫幾聲，一粒頭慢慢的沉下去。突然猛抬頭，換一個聲喊老主娘，幽幽嘆了口長氣。阿母驚得險險倒頭栽，三嫂阿好巧姨同聲驚叫，是阿雲啦，無人請那會自己來？阿好流目屎，問阿雲你兒大漢娶某囉你敢知？你巧巧人那麼憨那麼早死。

很驚很驚，我祖母說，紅姨一彎頭，目睛那麼大蕊全是白目，牽亡牽鬼，打壞人間跟陰間的規矩。

紅姨走了後，還未晚頭，天井灑水，花香蒸起，日頭在厝簷壁腳金金的。那年她十五還是十六歲。

大兄大嫂雙雙吃老鼠藥自殺是在她出世之前，兩人就像兩隻老鼠爬出房門，嘴角哺白沫，不知有多痛苦。死得好慘。

她還在阿母腹肚內，老父就過身。

老父人稱秀才郎，遺照裡戴官帽穿官服留山羊鬍，大兄二兄三兄四兄五兄是大某生，後手的六兄七兄八兄九兄跟她續尾是阿母小某生。老父的墓碑刻著九大房子孫。

所以會找紅姨，是那陣每天晚頭雞寮裡的雞陣亂亂闖，鹹菜彩蓮阿好巧姨去巡轉來面色青筍筍。又一天六嫂跟彩蓮在對賬，外面那叢桂花後一個影探來探去，兩人行去看詳細，只有樹叢在搖。

一出世就無老父。林厝大地主，溪崁有農場，當年一百甲田園賣給阿罩霧林家。九個阿兄個個有出脫，不是去唐山就是日本。二兄三兄五兄是醫生，二兄東京帝大畢業了後，留在日本，四十歲就肝癌死去，留下二子一女歸化做日本人。六兄查埔身查某心，兩隻手有夠巧，教她裁縫刺繡；七兄讀很深的古冊喔，坐在籐椅講古，公冶長古早人聽知鳥語，徐福帶八百童男童女東海找長生不老仙丹。但大家叫他七阿舍，花天酒地，在廣州得梅毒，過給七嫂，彼時七嫂有娠，阿母教她每天透早喝一碗豬膽汁解毒，可憐喔，那豬膽汁天下間最苦的物，孩子出世果然是憨的，小名阿廣。八兄土性，像雷公，自己經營雞場。九兄生做最緣投，娶台中州某某人千金小姐，半年了後就離緣。

九個阿兄，一個早死三個在外地，大厝內總共五房。五個媳婦輪流掌管灶腳。好天下晝，全家在廳前，熱天吃甘蔗剝龍眼，寒天吃土豆剝菱角，一吃就吃幾面桶。

清明掃墓，全厝內出動，擔牲禮香燭，帶柴刀鐮刀，一隊像螞蟻在墓埔行。老父跟大媽的墓很大很闊，除草清掃了後開始拜。天清地遠。大家在墓前講笑，墓埔原來是林厝土地，鄉人不斷偷葬，祖先就捐出去。

等到六十年後，八兄病死，只剩六兄九兄，六兄要幫老父大媽撿骨，八兄後生的塑膠生意正是賺錢若喝水，與六兄商量緩下。六兄答話那就將這事交代給你，以後你負責。終於撿骨那天，七兄後生阿豐前兩天通知她，阿姑你要來看麼？

她活幾年，老父就入土幾年。一世人就見老父一次，可比祝英台哭墓見梁山伯。

到的時候，墓已經挖開，向日，還就是一個坑，翻起的墓土烏金。她心臟險險要跳出，覺得一團寒氣蔭上身，啪的整個人像要給吸入去。

眼前，若有蝴蝶在飛。

撿骨師舉頭，瞇目，喔你是查某兒，來看你老父。

撿骨師嚼檳榔，將土抹掉，老父的手骨腳骨紅芽紅芽眞美色，頭毛未爛，但棺材底已經無去，挖出目鏡框，一枚玉扳指，阿豐偷偷塞給她，阿姑你留著做紀念。

墓埔透南風，很清涼，也有尿臊與腐臭。日頭呑呑吐吐，她左手舉著陽傘，正手捏著棉紗巾子，看著老父的骨骸出土，超過一甲子了，撿齊全，攤在日頭下，一塊接一塊排出一個人形，螞蟻在骨頭間爬。頭骨整粒捧起，嚇，眼窟那麼大坑，看著天頂。她行近，對看，陽傘與自己的影替老父遮一遮，遮了頭遮不了腳，遮了腳遮不了頭。傘收起，她向前兩步，讓自己的影頭對頭腳對腳蓋著老父。是七兄講的，咬破手指頭滴血在骨頭，若眞正是自己的父母，血隨就給吸入骨頭內。手心握著玉扳指，她在心裡叫一聲老父，咱緣分這麼薄，一世人見無一次面。

老父長長的腳骨，曬曬蒸起煙霧。兄嫂總是褒她生得高，種得老父，她摸摸自己腰椎，那支龍骨早就挺不直了。

每年來給大家官掃墓，她會彎來老父阿母墓前，雙手空空拜拜，表示心意，骨肉至親。九個阿兄，一房比一房發達，女兒無份，庇蔭不著，何況是女兒的女兒。老三倔強，那年硬逼著她共同來求，阿公你手勢舉高，我是仙仔女兒，懇請助我度過難關。竟然那期六合彩就得了。

聽講當初日本四腳仔押老父去捉人，老父行在前，遠遠看見人在行，正手趕緊在胸前擺手勢，暗示緊走，因此救了不少人。

十五歲，巧姨在灶下煮麵線配一粒滷蛋幫她過生日，之前，阿嫂個個都笑她足七歲了還常吵要吃奶，吃阿母的老奶脯。阿母笑吟吟講台南府城有在做查某仔的十六歲，叫你六兄帶你去好嗎？十七歲去關仔嶺洗溫泉，來回一暝兩日。年底七兄娶，誰人雞婆將七嫂八字再拿去算，哎喲帶鐵掃帚剪刀柄，日後不是了千就是了萬。喜酒還未吃散，有人惶恐來報，農場火燒兩牛車的稻子。無兩年，七兄轉性變七阿舍。

開始有人來講親，阿兄帶同窗來做客，講日語喔，基本的對話她也會。坐在大廳，看雞母跑到天井，在日頭與樹蔭下散步。阿母梳頭，簪兩蕊玉蘭花，襟上也有。

阿兄的同窗，有去過俄羅斯的，有嘉義人跟二林人是醫生，嘉義的對她很中意，託不知是五兄或七兄，最後是六兄交給她一盒布料，一塊府綢一塊絨。晚頓了後在大廳開講，七兄講去過嘉義的大瓦厝，飼很多雞，門口埕曬稻子，雞屎很多，厝後又飼豬。她聽了皺眉頭。

八兄有教過，大拇指跟食指小心拿著溫溫又軟軟才生的雞蛋，舉高對日頭，另外一手遮著雞蛋上面，若見雞蛋裡面有黑點就表示有形，可以孵雞仔兒。

大廳的時鐘，正點就咚咚的撞，聲很沉。六兄笑她林厝就你一個女兒，栽培讀冊做得到，偏偏你跟孔子公無緣，但五兄自台北買一襲洋裝送五嫂，她借來，關在房間內研究，過兩天，自己做出一領一模一樣。六兄好奇問，誰教你的？

那是一九三〇年代初期，日本總督實施皇民化政策已經二十年，那天，叔伯阿兄伯昌帶兩個畫家朋友，姓盧跟姓郭，白西裝白皮鞋，頭戴巴拿馬草帽，來找六兄七兄。一陣查甫人在大廳天南地北開講，台灣頭到台灣尾的大代誌，講世界大事，夾著相當流利的日文。

唉，局勢照這樣行下去，免不了要開戰，一旦開戰，台灣一定閃避不過。

總講一句，替日本軍國主義作牲禮，送死。

依我看，要走得趁早。

走，講得簡單，要走去哪？這是全世界的劫數。

台灣島何時才會得出頭天？

她在阿母房間，用心聽還是聽無，她將那襲洋裝從內裡翻過去，解釋給阿母聽那師傅功夫的巧妙，暗袋做得頂眞，但是八角領車一片蕾絲就未免太花了。

暗暗的房間內，阿母的面容很靜，慢慢的若欲暗時的一大蕊花，垂下。

那年，六兄要去日本，來阿母房間參詳。阿母突然講，跟你六兄同齊去好莫？去讀冊。她頭搖得像鈴鼓。

時鐘咚咚的響，玻璃匣裡的鐘擺金鑠鑠。人客走了，桌上茶甌還未收。六兄要她每天泡一杯蜜給阿母喝，金黃花蜜很香，流得很慢，倒出一整隻蜂，淹死在蜜裡，一對翅好好，黃黑的腹肚圓滾滾。滾水一沖，若像復活，她用一隻筷挑起，放桌上。六嫂跟巧姨最疼她，常偷偷掩給她一粒雞蛋，保養頭毛。等頭毛乾，那蛋殼已經招一陣胡蠅。阿母呷了蜜茶，茶甌慢點收就爬了一陣螞蟻。她坐在日頭與樹蔭裡，久久不見日頭動一下。

行過大廳，阿母房門一塊花布帘子，時鐘絲絲梭梭的細微的響，阿母房間裡叫她，仙仔。

六兄在天井，皮鞋踩著碎石頭，也喊她，仙仔。

仙？是什麼意思，哪一字？小時候夏天，我喜歡抓她手臂垂墜的那團肉像象的耳朵。

她答，神仙下凡。我是天上的仙女。

講畢，自覺吹牛膨風過頭的笑了。

她八十歲時住我四叔家，其時我祖父已過世五年。

她抱怨不再夢見我祖父——總共只夢過一次，在舊厝，兩人坐在眠床邊，若像新婚那一暝，我祖父撩起褲管，小腿有一道傷口，血流血滴，她蹲下去看，茭白筍那般光絲的腳腿。我祖父無講話，緊緊握住她的手。

——假如他不再夢到你……

我二姑倒是常夢見，告訴她，阿爸愈來愈少年，頭毛變烏，目睛反金，西裝皮鞋穿得好好。

不再夢見，令她沮喪暴躁，我在電話裡說，阿叔阿姑我們要給你過生日。她硬聲硬氣答，免，鹹菜的兒孫友孝哦給伊過八十歲生日，過完無多久隨著抬去藏草。

歹命人不死啦！她又加了一句，兇我。

電話通常是四嬸接的，酸冷的語調，阿嬤在樓上。意思是被打攪了，發話人你識趣點快收線吧，我是不可能去叫那個老討厭聽電話。你裝什麼孝子賢孫。

我四嬸早就直言表態，凡事照起工，那沒問題，我不可能去苦毒伊，但要奉待伊也是不可能。是啦，我就是要報老鼠冤，當初伊是怎樣對待我，如今我就怎樣對待伊。

祖父死後她獨居了兩年，北上與三姑與我住了一年，然後我父親與叔叔協商讓她三個兒子家輪流住。二叔移民美西，所以該他的月份折現金，在台的兄弟分。

她沒有異議或反抗的餘地，帶著寒熱兩季衣服每三四個月由南湖北或自北返南換住處，也帶著入睡後的亂夢與呼喊囈語。

我四叔重迷信，惡聲臭臉抱怨，大姊，你無聽見不知驚，阿母反常，每晚半暝黑白嘩黑白嚷，連誶訐六譙的話也有，眠床板捶得差一點破，有夠惡。三更半暝，眞正較無膽的得要去收驚。阿瓊跟我都淺眠，伊一吵，我倆人後半暝心吊在半空中，免睡了。第二天生意免做了，時機已經有夠歹，再繼續落去，全家夥準備喝西北風。

大姑勸她，兒子的厝就是你的厝，你不是人客，毋當媳婦仔款，萬項事情自己動手，吃飯毋當要人招呼。

她講，你老母過什麼日子你不知，連吃一頓飯得看媳婦目色。好，我還有起碼的志氣，除了三頓得要去灶腳，你去問他們尪某，我開過冰箱的門一次無?

你四叔小漢時非常乖，你阿公做生意失敗，厝內窮得一粒米都無，要煮飯了，我屆在幫浦邊偷哭，他聽到你八舅公騎腳踏車來，跳起喊，阿母阿母救星來啊。

她咬牙切齒罵我四嬸，都是那個查某害他完全變一個款。

趁我四嬸在廚房忙，出門，行三十分鐘回後頭厝。巷口一片水田與菜地圍著幾戶人家，她記得這片地到溪崁邊是娘家以前的農場所在，土地幾度易手，部分被縣政府徵收闢出柏油路。巷道不見人影，只聽見屋裡炒菜鍋鏟相碰與電視聲。

走過鎮上唯一鬧熱大馬路，她傍著店面的亭仔腳走，日頭眞炎，同樣的藥房餅店農藥行金紙店米店理髮店電器行，但是很生分。走過臭耳聾叔公厝，門窗關嚴嚴，論輩無論歲，叔公跟她同年，但恐怕死了有七八年。她記不清楚上次來大街是那一年。

以爲會看見尪婿騎腳踏車或者迎面行來。

兩粒奶隨著腳步盪盪晃，垂得好低好低，空空涼涼的老奶脯。

十歲那年，是大正十四年，十月的一暝，大街火燒厝，百餘戶人家燒了了，整條街路打鑼打透暝，天頂都是火灰。

行過媽祖宮口，賣番麥土豆的婦人，頭毛染紅在燒汽後面一直相她，敢是誰的查某兒？

行過公路局車頭，何時變做一棟三層新樓厝？她開始喘起，眼前突然黑暗暝。一路上很多瓦厝翻做透天厝，她故意當無看見。五兄那年起洋樓，隔年有燕子來做巢，晚頭咻的一隻隻黑影射來射去。

後頭厝剩阿豐尪某在住，一個孫日時給送來顧。

臨街的大門早就封起，風吹雨淋日頭曬，恐怕麩去了。一條巷子鋪碎石頭，行到底，目睛一暗，以前六兄飼蘭花的所在堆著歹銅壞鐵，雜草一叢一叢抽比人較高。以前七兄七嫂連同彩蓮阿好巧姨在睡的廂房門窗鎖著，放給白蟻老鼠住。壁腳裂開一痕又一痕。整片厝像給拳頭大力捶過。

阿豐站在大廳，阿姑喔，好久無看見，那有閒轉來？

她一下喉嚨哽了。

大廳壁上老父阿母的相片，阿豐斟茶，講這大厝再住不知有幾年，蟲蛀得快空了，最驚風颱來。兒孫開枝散葉，無人肯守這舊厝。上一輩就剩阿姑你跟九叔，九叔給送去住養老院，你有聽講呵？唉，吃老眞悽慘，後生不飼他不睬他，媳婦夭壽惡質，居然問他穿裙還是穿褲的？阿姑換做是你聽著敢不吐血？

時鐘咚的敲出一聲。

她就在廳前籐椅坐一下晝，感覺腳底一寸一寸冷起。可能有盹龜一下。日頭照不下來，整間大厝陰森森的臭黴味，沙沙的在時間沼澤裡分解下沉。她不驚。明日後日再來，再找機會問阿豐參詳，給阿姑轉來住好麼，那麼多空房間給阿姑一間住，讓我跟你老尪某作伴。

大廳的時鐘咚咚咚的敲三聲。

天頂日頭猶原赤炎炎，她挪挪背往裡窩，覺得骨頭起寒。籐椅腳綁著紅色尼龍索。以前過年過節，厝內厝外電火加人氣燒滾滾，無一刻安靜。雞啼下晡喔喔喔，天井曬得出煙，無一寸影。舊曆十五晚，無一定是中秋，她洗身軀了後在這納涼，阿母就問，想要給月娘曬烏㖠？六嫂接話，還不卡緊用手巾蓋著。六兄展寶，有一張曲盤用留聲機一放，從頭笑到尾，阿母最愛聽，跟著笑，笑到心花開。笑聲中，光熒熒的大廳像一粒寶珠。阿母也愛聽嘻麻莉，美空雲雀，尤其愛看她反串男裝。那年阿泰娶日本婆，大家看了後都嫌，呵，講話聲音那麼粗，嘴那麼闊，又黑，一點都不像日本婆。

大街車在跑的聲音傳來，大厝的人逐個都走了，走了了。她瞇目，手略略在顫。嫁出去的女兒，潑出去的水。但是三八彩蓮偷偷講，她房間壁裡藏有一袋龍銀，是日本人來那年，老父藏的。她捏著老父的那只玉扳指，涼幽涼幽，正月初九天公生，也是老父跟六兄生日，天未光，拜天公，前頭大門打開，風微微的吹入來，微微的透入心，厝頂星光凍露水吹得活靈靈。七娘媽生的前五天，阿母生日。她好奇問六兄，曲盤裡面笑的是誰人？米國人，阿凸仔，六兄答。花房蘭花開透年，這盆謝，那盆就冒花苞。另外，架子上三排盆栽，幼榕跟青楓，六兄寶惜若命。她幫忙捉蚜蟲與螞蟻，指頭捏捏，一股土味蓬起。她將手指提到鼻孔口。答應幫六嫂寫一張信，寫了兩天，自己看都面紅。仙仔，門口有人在叫。阿坤姆上禮拜拜託，你手較巧這領衫給放大。後日透早六兄要出門，先坐火車去雞籠，再坐船去日本，全家大門口相送，天欲光，雞一隻一隻開始啼，大街有人影，戴草笠擔菜擔尿桶，行一步吐一嘴燒汽。大街直通通，月娘若金鉤，還未沉落去，天頂清清。七兄講古，坐船過黑水溝，歹運的沉入海底給大魚跟鱉吃，整船的茶米香料綾羅綢緞瑪瑙珠寶，也都進貢給海龍王。原本海湧若墨水，海龍王一歡喜就變清。

灶腳轟的一聲。一定是大灶燒柴，柴枝燒斷崩落。等一下水燒了，鹹菜會來叫她。

時鐘若再響——這次是會響幾下？她就要企起，去沖一甌龍眼花蜜，捧去給阿母。時鐘若再響。熱天裡日頭那麼長，光曄曄，最氣人就是鼻頭出油。但是腳手幼綿綿白皙皙，六嫂毋服氣，阿母給你偷吃珍珠粉呵？瘦得若猴的六嫂。

浸潤在時間的果凍底層，她像一顆被吮淨、纖毛畢露的果核，還是浸在蜜裡的那隻蜂，有片刻，眞的睡著夢遊去了。

●

當老女巫問B君你太太呢，我手指捏著的小湯匙掉下，噹的敲響了瓷杯。

太太而不是老婆。那是兩個選擇，兩套不同的語言系統、操作程式。譬如董事長總經理太太，牧師太太，魔術師太太，乩童太太，言爲心聲，稱呼之後儼然羅織著主從關係，支配關係，所有權關係。老婆呢，私領域的暱稱，夜半無人私語時，難以呈堂作證。

叫出一個名字，定出天上的星圖。或者較血腥的比喻，每樁命案若找不到連接者，被害人或加害人，屍體就不完整。

E沉默的時候，是一種令他身邊的人乾渴的酷烈沉默。

光青的日中，E與B君以共謀者的速度接近。

E從陽明山下來，他去探視住安養中心的老父，草木香的山風裡，內在裂綻一大口黑洞。

老父插鼻管，穿厚棉襯衫，手心枯涼。避開像上次中飯後有慶生會，輪椅老人們朽壞洋娃娃那樣被集體推進天花板壓低的康樂室，失重狀態般目光無焦距的跟著音樂打拍子，那一口口翕張的癟陷嘴坑，一根根垢黑的長指甲。主持人大概出身軍中藝工大隊，嗓門洪亮，國台語雙聲道帶動唱，震得玻璃窗嗡嗡響，來，阿公阿嬤，我們用英文唱一遍，國際化不落人後喔，來，Happy Birthday to Father～·Happy Birthday to Mother～·E悄悄退出，帶上門，門上一小方窺孔，令他想到納粹集中營的毒氣室。

老父已經不太知道E了，E推他去公園透氣，濕地水塘邊樹群下，出租躺椅兼修剪指甲腳底按摩拔罐刮痧的改變了公園生態，從市區擁上的人蛆叫嚷著吃著滿桌油膩。凝縮在輪椅上的老父，像極了一具橡皮人偶。

推到陽光裡，老父瞇眼有些反應，口角涎濕。生命的盡頭，如何離去確實是棘手的難題。老父伸出踏板的右腳浮腫而結著層層的繭很重很重。

光波裡，老父沒有影子，全身嗶剝折射著光的顆粒。

E想著留他在持續加溫的日光裡，像曬一袋蟬殼。

小孩尖叫的跑過草坪，E抽菸，曠空颳來一陣風，他與老父之間像有一扇門被晃晃的吹開。得提防下一波強風砰的撞斷鼻梁。他想推老父到僻靜處，山壁陰著雀榕，傳說叢林老象臨終前會脫隊自行前往瀑布後的洞穴以待完成。

日影移了移，漫天金粉，E見著B君，交出住處鑰匙，也將老父濃酸的老人味移渡給B君手上。

兩人點起菸抽。E說B君，你的手指像香腸；B君才意識到，也看一眼E修長的五指，必定是個柔荏多夢的人。

兩人重疊的時間區塊，密謀的情緒如同病毒傳染擴散，B君的汗手握著E的鑰匙，兩具身體最親密的黏合譬如舌與舌，也不如這一刻，比罪更迷人的誘惑是被窺視。

眞的不急。太陽太大，烤得滴油。E記得有高架橋之前屋後是鐵軌，每日定時暴起糞臭強風，碎玻璃一樣的割人，那是平交道噹噹噹的警鈴，火車駛過，漬黃焦裂的枕木旁有紫蘇。炫亮軌道上滑行的火車還不如說它是計時器。青天垂立，不知會不會突然倒下血海與蟲災。

是絕望的噩夏，所以要有一些罪的喜樂，沉淪的清涼。

B君會合了甲子，但大家明明叫她鴨子。她吃吃的拆字解釋，「人家是母的，沒有鳥嘛。」那細伶伶的手腕與腳踝，低腰牛仔褲險險攀在髖骨上動輒露出一橫幅白脂。他就有了張翼滑翔的感覺，違逆了大地的意志與引力。

左手搭著甲子的裸腰，進E的屋子。

我的天，甲子笑彎了腰。

一地約近百雙運動鞋，屋頂一半架了鋼管吊著四季衣服，兩面牆纍著軍機戰艦模型，四個裝一紙箱、六個裝一紙箱行話一手的各國啤酒。一張貼地三人座沙發搭著一張馬皮，鞣製的氣味仍然重。窗戶下眺車子川流的高架橋。

如果晴天霹靂，暴雨滂沱，橋上蘋果綠隔音板，車頭尾燈煌煌亮，空中飛馳，逃曳進迷離場域。

心裡的火剛才像燭焰燒太猛，蠟融得太快，淹沒燭芯，反而奄奄一息。他癱坐沙發上。甲子在衣服陣裡鑽，小小的腳穿肉色絲襪踐踏遍地運動鞋。

B君小心護著那一點火苗。其實好憎厭甲子這種女生，天不怕地不怕，不怕人，更不怕醜，穿及膝織花綴水鑽黑絲襪踩巫婆鞋，鞋尖三吋長，仿日本平安朝女子畫唇櫻桃一點，剃眉毛，搽銀青薑黃眼影，夾一頭閃閃髮夾，脖子勒狗項圈，花錢如流水。

甲子們末老先腐，鄙笑三十歲的人渣，嫌惡過四十歲的有屍臭，唯對臍而下的異性有超強的耐髒力。

甲子嘻嘻蹦到面前，兩手快速搓揉他耳朵，立即充血漲紅了；一戳他鼻頭，譏罵豬頭。又軟又暖的懶在他身上，撥弄襯衫扣子玩。海獺似的昂起臉，臀部匍匐的坐了坐磨了磨，嘟嘴問怎麼都沒反應。肝火好旺。

凡低賤與被低賤的都必獲救，凡墮落與被墮落的都必翻身。噢上帝我們是你鬍鬚上的跳蚤。

他撫著抓著甲子畢竟很年輕的背。

窗戶不西曬，但金陽在斜對面那棟樓後面像一大片蜂霧嗡嗡響，折射進來很明淨。冷氣微甜微黴，甲子撿拾她的衣褲要去浴室，手肘膝蓋彎與腳踝都有一塊骨頭凸出，特別白皙，還有那張臉在情緒亢奮後完全空白的。

沉重晦澀的是他，只剩他，完事之後的陌生感一如兩人間有一道矽膠膜。夜暗中大陸板塊默默漂移，上次他帶甲子上山洗溫泉，回程吃野菜喝筍湯，簡陋木板牆外是緩坡上一片伸頸昂首的曼陀羅花，想必霑著寒露的白顏，在夜黑中一旦生風就好像敲著觀者的眼瞳。花綻開大如人面。甲子叫，啊喇叭花。

臉上的口水乾了成了膜裂出皺紋。

那幾排垂掛的衣服給攪亂了，露出牆壁上一面鏡子。浴室水聲，粉盒啪的扣合，水流於管道中焦渴的奔瀉，垂直下到地底，那裡，鑿出蛛網地道，鋪上鐵軌，幽冥列車自來自去，颳著腥風，於來日、現在已經成就一個地下社會。

B君等甲子出來，鏡子曖曖的放灰光。

豎著蘋果綠隔音板的高架橋好像通天，天上湧著雕塑的雲。甲子一開浴室門，輕脆的說，該走了吧。眼窪有青翳。

她動作俐落的先行開大門，三七步立在門外，竟然非常遙遠。有初蝶鑽出蛹，翅膀濕濕的生腥。

她潤澤的唇若有似無才在他臉頰上擦著，跳探戈的狐媚。

給了B君縹緲幻覺。他在幻覺中與我會合，我等足了兩個小時。

我坐在落地窗邊看B君穿越斑馬線，同謀與祕密共享也讓他一仰頭就看到我，腳跛了跛。

十字路口何其相似人眼的視網膜，其上超過一千萬個桿狀細胞與錐狀細胞，傳輸神經衝動給大腦。但笛卡兒相信，眼睛傳給大腦的是一幅幅刪減過的世界圖像——不就是類似記憶是有選擇性的說法？

日光消失，藍紫空氣細軟游絲從大路那頭吹來，樟、欒燃燒，人叢中有魔鬼島浮起，孔雀藍。

在等待中，牙齒被時間嚙碎掉渣，胃酸分泌過量。

藍紫空氣濾過，蒼茫暮氣裡燈光嘩亮，城市最美的一刻。

我深恐B君到我面前時，佝僂發臭，齒牙掉光。

他確實太高太瘦，如同背一袋骨頭的時間老人，夸啦夸啦響，就地一扔。

貪圖舒服，他將皮夾鑰匙擲在桌上，其中E的那把，一如滿布菌毒的隱隱有光。

我們有過約定，後死者負責將先死者就像那個代表香檳色香港的妖姣藝人說的，死了埋地下給蟲蛆吃蛀慢慢爛，好驚㗎，快快燒了骨灰撒在鬧市大街才好。

爲免引人驚惶或觸犯衛生法規，骨灰頂好裝塡成一長條沙包，底端開一小口，逛街一圈即可完成任務，或幸運的話，當風揚其灰，身體最終的孢子。

我取了E的鑰匙，晚一點經過他們的店Cavemen，還他。

路口往來行人沒有影子。影子象徵靈魂，赤道以南某些地區——我們島國雖不中亦不遠矣，正午被視爲鬼時，因爲其時影子最小，意謂生命受到威脅。

S固定在傍晚來電話。我住處窗外，一棵茄冬一棵小葉欖仁，樹相迥異，卻一致讓夜晚提早來到屋內。

我勸她去吃點東西，血醣太低，大腦收到求救警訊，自然抑制行動力。所謂黃昏症候群。

「你來救我。」

我不應承，在灰昧中出神，不遠處頂樓還有天光未收，茄冬葉層層疊疊的綠鬱，影子埋得深。

沒膽。S她哼道。她油黑皮短裙裡兩管及膝的螢光橘緊身褲，迪斯可年代的遺風。她是抽空到防火巷抽菸作爲掩飾偷打電話。分離式冷氣主機冥想似的悶轉，廚房的鍋在熱，烤爐開了，W快手削馬鈴薯皮，剜牛番茄，切翠如煙霧的荷蘭芹。

人各有身，所以救贖也是各自的。我從老家撿回的壁鐘，掛在樓梯牆上，鐘擺絲絲的粗喘，要不常常停擺。玻璃匣一塊手掌大水漬，擦拭不掉；晴天上午整座鐘覆蓋樹影，過午就整個像塊礦石，或築在牆上的野蜂巢。

整點敲響報時，那噹音有點空且裂，似乎匣盒都在顫抖，小心下一個噹聲便解體。

幾十年的物件，抱去做骨董？我祖母問，她找來空紙箱切割與報紙幫我捆綁妥，提著一如嬰屍的小棺材。

我拾級下樓，它噹了六下，一窩驃悍野蜂營營罩在我頭頂。

三個鐘頭後我到了他們店的巷口，一行Cavemen店招亮著斂靜的光。那個名錶廣告，淒風苦雨裡女主角賞了男主角一巴掌，我等你一個鐘啦。

不需要任何聯絡暗號，S自會逮空檔跑出來，眼線畫太濃太誇張，雙眼凸瞪而濕爛，嘴裡蜜且苦。

商店多已打烊的騎樓，我們無需躲藏。

微風吹拂，從另一塊國土來，微妙香潔。

她擦的點菸。店裡每月最後一個週末夜辦主題派對，引來各方狐群狗黨亂玩，酒品又差，搞得三人都是一肚子火。晚上生意好，她送錯菜單，與W隔著吧檯火爆對衝。W一轉刀背往不鏽鋼水槽奮力一砍，全店凍靜。

一年來W愈顯出疲遢相，全身多掛了近十公斤脂肪，髮梢眉尾可以滴油，口中噴出硫化氣，十指腫大皺皺。收了店回去，半夜一點，都不說話，W攤在沙發喝啤酒聽戴維斯小喇叭。她惱怒道，已聽了一整晚，拜託靜一靜。

不就是個小生意，搞得兩人元氣大傷，划不來吶。

患難夫妻嘛。我食指逗逗她的鼻頭。

去你媽的。她中氣十足的噴了口煙。

夜風腥甜，我陪S潛泳回溯，去看當年的姣童W，愛打球游泳，長長夏天都泡在水裡，颱風前後大氣層海晴無雲，紫外線灼烈，照得他眼瞳牙齒皓亮，胸肺一如氣墊飽實。夜晚睡得好沉，濃濃的氣味，W睡得渾身冒熱氣呢，皮肉質感完全似深海魚身彎如鮪。

S好懷念那日子。其實她不下水，躲到看台蔭處，仰看青濛濛高空，正午的池水遠觀有著果凍的奇異感，他在其中游弋，怡然節奏一尾人魚。

再沒見過更清亮的水色，因爲之後的眼睛已不是那年夏天的眼睛。

S與W，彷彿從前的決鬥者，兩人背對背往前走，心繫彼此，如何在適當時刻將對方一槍斃命。

初次見識W的烹飪技藝與熱情，她驚爲天人。

我爸是大廚哩，W說，四歲就讓父親大手包小手的調教執鏟，六歲站在小板凳上做第一盤蛋炒飯，父親扠腰指導，五專時獨自一人做一桌酒席宴請同學，終而養成類似偏執的嗜好，藉以證明自己的存在。退伍後一趟東京自由行，五天四夜都在代官山澀谷原宿繞，回來決心鑽研西式輕食，大膽與實驗精神成就了眩目咋舌的創意菜。

開店之前，一批批朋友及衍生的朋友，不定期但頻繁來做食客，吃得屋內空氣膩一層油。W父親自大陸寄各種香料或花椒，附食譜，食客散了，他陶醉過深，難免轉而惆悵懶怠。此中好事者當然送了他日本漫畫《將太的壽司》、《夏子的酒》。

席間，一向多古怪點子的C君夫妻建議相互換屋，家具電器概括交換使用，短則一或三月，長可一年。S馬上皺眉，覺得被窺伺的穢褻。她比較喜歡誰在苗栗鄉間種一田田薰衣草薄荷鼠尾草，比較神往誰去了西藏與五台山，比較敬佩誰加入地方文史工作室或有機食物的合作農場，也比較羨慕誰在金融衍生商品市場海撈之餘去深山打禪七，更比較同情誰割了乳房、切取大腿血管做心導管手術，誰居然去看了太陽馬戲團。

圍坐W老爸的紅木大圓桌的一張張臉，酒足飯飽得腮墜頰紅，離去，烘亂著在門口找鞋。

放W先睡，她屋裡遊魂一遭，廚房後的露台鐵籠裡一隻待宰的放山雞，W正幫牠清腸胃，只餵果菜，鐵籠壓一塊木板，那雞不知是餓昏或睡死了，露台外黑藍的毿毿反潮。關燈，窗玻璃立即映出另一個深邃空間的自己，比她心定知足。客廳桌上誰帶來當禮物的薑花，折損掉一朵在地上，香得惱人。

只是厭倦了這一切，S又噴一口煙，怨道。

我握握她手，了解，我們是厭倦共同體。

知道扶桑花？摘下吸花屁股的蜜汁，吃過嗎？

她搖頭，將菸頭往柱子一銼，火星紛落。

她穿越馬路，回去。巷口珠寶店裝有感應器，強燈啪亮，強酸般蝕融她的身軀輪廓。我矗立原地，只是非常寂寞。

我得等一等，譬如俟一池攪亂的水靜止，老鼠待貓睡了，竊賊候警車過去。

然後，過馬路，為感應燈測知，強酸白光潑我一頭一臉。嗨，Cavemen。

慵懶滄桑的歌聲樂音蟒蛇一樣的流出。

●

所以，其實我的外曾祖母是二房，原本是元配的查某嫺，而我祖母是遺腹子。

但她有意識的選擇銘刻著大地主、鄉紳之女的身分。

我一位表姑媽說溜嘴，你三姑的個性跟你阿嬤少年時一模一樣，有夠壞性子，非常好罵。

我母親也批評，開嘴合嘴就是什麼雞，罵人時目睛這麼大蕊，實在非常壞嘴。才嫁入來那兩年，聽得有夠刺耳。

我二姑捧著頭，遠赴廣州看一位老中醫，針炙與氣功，腦勺吸出一碗膠稠瘀血。老中醫目露精光，哼聲問小時候有無跌倒或撞頭?再延遲幾年，你就精神錯亂住瘋人院去。二姑委屈，阿母每次跟老阿嬤賭氣，我呆反應遲鈍，不知道閃遠，她握拳頭這樣指頭關節好大力敲我的頭，出手很狠，我疼得祕在桌下偷哭。

我祖母的官方說法，七個兒，我一人管教喔，牆圍下的果子生這麼大粒，我無允准，無人敢挽。難得有雞蛋吃，你阿公一粒，又一粒我用衫線剖七周給七個兒，我自己吃無一嘴，我富裕人查某兒，未出嫁前是用雞蛋洗頭毛喔。

你阿公跟人做生意失敗，那個黑肉雄的某坐三輪車來討賬，穿長衫戴珍珠耳鉤，嘴闊得像屎穴，鼻子塌塌，醜死，要我賣兒還錢。我在廳裡氣得咬嘴齒根，給罵得實在無得吞忍，一杯茶潑門口，我嚷回去，做牛做馬做到死，錢一定會還，要我賣兒，除非你尪黑肉雄無人捧斗。若是講起你阿公，天下第一憨，跟朋友合股做生意，賠、伊一人擔，賺的伊無份。

十八歲，六兒當著六嫂面前把金庫鎖匙交給她，要她幫忙看顧。六嫂青瞑牛，又是軟腳蝦，六兄講若鎖匙交伊，金庫隨就給搬空。每天下晡，在大廳與六兄六嫂對賬。五嫂七嫂八嫂都來講笑，小姑攢了多少做嫁妝？先買些糕餅請大家才對。

阿母交代六兄去台中州順便刃布給她做長衫，六兄看中一塊絲絨，二十塊銀，夭壽，要賣一牛車稻穀呢。

大姨住的大厝前後是果子園，一片若海，有龍眼、荔枝、芒果、柚子、楊桃、蓮霧、玉蘭花、椰子、木瓜、檳榔，也有兩種南洋水果，羅里盎，跟日語叫做沙漠吉拉的人心果。

大厝是正身帶護龍的三合院，正廳厝頂燕尾翹脊，壁堵有八仙過海、二十四孝的交趾陶，彎弓門上有四季花卉磚刻與富貴如意的浮雕字。天井兩個大水缸飼金魚，一尾尾肥若牡丹花，紅磚地曬菜豆跟菜頭。

果子一挽就兩三簍。過水廳後面是大姨的房間。整片大厝很靜，樹叢阻擋人聲，厝內地上鋪花磚透著古井水的涼爽，上釉的花磚窗外點點閃著日頭。每年挽最後一次果子，那日頭就開始變短，樹葉曬乾，滿園沙沙濤濤響，長工畚作一堆若山，點火燒，白煙有香味，地上有蟻巢。

大姨要她洗面，方才園裡蜘蛛絲纏人，大廳坐一坐。很快，大厝變暗，門窗裡更暗更稀微，像一團團的烏雲在滾。她一人坐在廳裡作客，一杯燒茶慢慢冷去，四周圍若像幾雙看無到的目睛相著她。

罕得有一個人的時候，就是一個人在自己房間內做衫，不時有人在窗口叫。大厝人丁旺盛，生在厝內，死也是在厝內。

阿巧姨偷講，你大姨丈黑心肝，專靠日本人作威作福，不見笑喔，穿一身不知哪借來的軍服還有軍刀，在厝後果子園練射槍；才十六七歲嫺婢就把人來糟蹋，害人大腹肚遂來吊投，一屍兩命就埋在果子園。伊父母來討人，跪著哭，你大姨丈穿柴屐坐在廳裡，呵，行逆喔，日本總督也沒那種氣口，幾張銀票一撒，就要買一條命。

不敢問阿母證實。阿母只講，原本是有一大片竹林，以前在農場常看一群白翎鷥飛起飛落。

八歲那年，大姨尾子嘉茂兄結婚，婚禮行日本式，在神社舉行，一地潔淨碎石子，天雲開闊，高台列柱圍縛寬幅白布，布上面有大如車輪的菊徽。來去都跟阿母坐三輪車，在大門口落車，板門向陽，對面破瓦厝住一個青瞑阿婆，是彩蓮的親戚，唯一後生去後山了就無消無息，阿母常叫人捧一碗飯菜給伊。

青瞑阿婆不知是何時繞過三輪車，一身酸臭，捉住阿母的手一直點頭。

啊你眞好心，天公伯會保庇你吃到百百歲，兒孫滿堂，個個大發財。

阿婆駝背，每道一句謝就矮一寸，若火灰的撥散在地，地上是她一雙黑扁又寬的赤腳，泥殼蓋不住皸裂的溝縫。

七十年後，那門板已經爛了幾次，換了幾次，正中晝的日頭烈酒灑潑，她瞇著眼在眩暈中還聽見青瞑阿婆嘴角起白泡，破竹篙的聲音；秀才娘你好心有好報，你給我一碗飯，我捧起目屎就漣出，逐天我拜菩薩求佛祖給你保庇吃到百百歲。

連續一禮拜，她趁我四嬸在灶腳，悄悄出門，正中晝行過大街，返後頭厝。

兩粒奶隨著腳步盪盪晃，垂得好低好低，空空涼涼的老奶脯。上面冒出幾粒硃砂痣，若像針刺的血滴。

大街識她的跟她熟識的剩無幾個，她在公路局車站稍休息，塑膠椅子上橫倒一個羅漢腳，頭殼蓋一張報紙在睡，整身軀若鹹菜乾蒸起一陣陣臭酸味，一雙腳若兩隻龜殼。不知自哪一個庄頭流浪來。

頭頂有電風扇在旋，風灌入胸坎，乳頭都垂到肚臍上。她摸著自己的金手指與金佩鍊，想到七兄講過太陽扁與枝無葉的故事。這兩人作伴做乞丐，一段日子了後決定各行各的。幾年後，枝無葉來到一間大厝討吃，主人竟然是太陽扁；老朋友再見面，變成富裕人的太陽扁熱心招待，款待洗身軀換新衫，殺雞殺鴨。但是枝無葉一上桌，全身若針在刺刀在刮，即時換上原來的破衫褲就無事。枝無葉覺悟自己果然是乞丐命，只好相辭繼續去討吃，太陽扁就送他一疊紅龜粿，他失志之下，沿路將粿送人，等腹肚餓，拿出最後一塊粿剝開，發現裡面包有銀兩。枝無葉怨嘆這麼歹命，死心了，流下兩行目屎，就在一叢樹葉將要落光的樹上吊投。

她聽完故事，忍不住放聲號。七兄解釋，憨的，那是古早古早的代誌。

那個熱天的晚時，像大灶裡的火灰，雖然無火了，還是燒炎的。

行出車站，她有點頭暈目暗，後頭厝的厝瓦上淡淡的青煙一蓬蓬。

日頭，硫酸那般的淋。大厝裡的人，一個一個都走了了。

那次六嫂吃土虱，一隻魚刺鯁在喉嚨，吞菜飯吞麥芽糖灌水都無效，阿母講趕緊去請你炳坤伯來。炳坤伯來，要了一杯水一枝香，叫六嫂跟著，出去廳前，舉頭望天頂，嘴裡唸唸有詞，然後將香倒插入那杯水，要六嫂飲下，魚刺隨就化掉。

眞神。她好奇跟在六嫂後面，記得那晚的天頂，清清無一片雲，星光閃閃爍爍。六嫂入殮前，她來替伊換衫抹粉，面肉幼綿綿很好看。

眼前，若像大廳的電火球啵的爆炸一聲，熄了。

●

花有重開日，人無再少年。

大廳的壁鐘，報時的響聲同樣是噹噹的敲，但音質較低，雜音似乎較多，若螺絲鬆了。

噹三響，隔壁阿儉的雞會啼，一疊聲，晴空萬里。

噹四響，去洗米，收衫，日頭赤豔焰，米湯漿過的被單乾硬，催眠的熱香。

未過五日節，破裘勿當收。門口埕曬棉被，各是六斤九斤，抱入房內，那餘溫蒸得想起才嫁來時，每次跟阿嬸賭氣，就恨不得悶死在棉被裡。

門口埕西南角三欉龍眼，每天西照日，水一潑下，立即就乾。

入灶腳的水泥台階上放兩大盆古井水，曬一下晡變成溫水，要等過了中秋，日頭反色，摻一些稻穗黃，十隻手指頭乾酥。

門口埕的日頭海，浮浮沉沉可以將人曬成一副乾屍，然後剩一堆白骨。

阿嬸死前一年，她胃病常發作，一次比一次嚴重，痛得倒在眠床車滾，若有一隻手從喉嚨伸入去捏戳。請醫生來看，都無效。尪婿偷偷流淚，阿嬸就罵，你查甫兒目屎這麼不值錢？你阿叔死你有這樣哭麼？

阿嬸四處走尋，給了尪婿一帖偏方，生鳳梨搗汁喝，喝了幾次，居然好了。

暗時眠床上，她問鳳梨從哪來。尪婿講是拜託一個結拜兄弟去南投買的。

阿嬸死之前，無一點預兆，一鍋冬至圓吃了兩天，剩一碗，湯濁濁，阿嬸捧去吃掉。第二天透早，雞還未啼，外面罩霧。她在灶腳，燒水滾了，雞也啼了，阿嬸反常還未起，在眠床上腳手已經冷冰冰。

她握著阿嬸若柴枝的手腕，叫阿嬸阿嬸，同時雞喔喔喔的啼。

眠床頭那只碗，一陣黑螞蟻慌慌張張的爬進爬出。

以前阿嬸若跟她賭氣，看要吃飯了，就溜不見人。尪婿捧起碗筷又放下，暗鼻聲問，阿嬸呢？等伊來才吃。她咬著嘴唇去找，穿過牆圍，菜田飄著屎味，天大地闊，行著行著，目屎就漣落。阿母當初勸她，死尪又孤兒，那是非常不好奉待，你自己想清楚喔。

小姑的尪婿慶仔，總是被小姑遣來，耳朵泛紅細聲講，請阿嫂幫忙補這領衫縫這條褲。不然就是阿成又抽高了，阿嫂幫忙這褲腳放放；阿雪強強要無衫得穿，這領可以改改麼？愈講面愈紅，頭就纍下，項頸就愈細長。

慶仔是土水師，古意人，無話無句，小姑嫌他像鱉。來了靜靜坐在廳裡哺菸，等她縫好補好。隔兩天，買紅龜粿菜粿，講是領月給，請阿兄阿嫂跟孩子。

尪婿講，兩人上世不知冤仇結多深，時常冤家囉嗦。她就奇怪那內衫怎會破成那樣？小姑幫警察局長厝內煮飯帶孩子，跟慶仔打得血流血滴，局長大人出面，將兩人叫去派出所教訓，回到厝裡又打，阿雪跑去找尪婿求救，阿舅緊來救我阿母，快給阿爸打死。

但是慶仔靜靜坐著，一雙鳳眼，嘴唇薄剃剃。她踩著裁縫車，跟他講陳三五娘的故事，講她九個阿兄的事。他微微笑在聽，若像跟壁上的公嬤相片對笑。

漸漸萬事都來找她阿嫂參詳。秋分那日，歡頭喜面講師傅招他去嘉義起厝。頭先那幾年非常亂，日本人戰敗才走，阿山來，四界亂糟糟，七兄八兄在農場偷刣黑豬。

慶仔死在舊曆七月，偎中元，不知是腸癌還是什麼怪病，要死近前一直放血，眠床板跟草席染一大片黑血，淅淅瀝瀝滴落床下，拖到晚頭才斷氣。小姑腳手粗勇，頭去撞眠床邊，整身人跳起再摔落，哭無聲，只是一直摔。

天氣熱，街路邊有人燒金，變紙灰前燒出紅星，盤旋飛在半空，天頂瓷青。最驚聽嗩吶的聲，劈裂一砸，頭殼都給劈開。

舊戲院前，有一個黃土乾硬的防空洞，日頭黃得若尿，一團賣膏藥的在演老背少，放送頭唱〈桃花過渡〉。

又過兩年，小姑的唯一後生阿成腦膜炎死。尪婿晃頭，這查某到底是什麼死人命？睡前才講出他跟小姑同老母不同老父。

嗄。她想到阿嬸死時嘴角一滴湯汁，一身黑衫黑褲。

隔著布帘，電火球昏黃，很遠有狗在吠，半暝的地靈很輕，枕頭上聽得很明。她伸手去捉尪婿的手，握著不放。七兄教過她，人死如燈滅。

翻來覆去睡不落眠，尪婿微微的打鼾。正廳的時鐘絲絲嗖嗖的行，突然噹噹噹硬聲硬氣的撞起來，無注意是十一響還是十二響。半暝有人舉燈火巡田水，厝簷露水在滴，壁虎咕咕咕的叫。

她那麼清楚看到慶仔就坐在廳裡，靜寂寂的哺菸，白內衫上的項頸曬得黑金。他放出的血，從眠床板縫欶欶嗟嗟滴落床下，一地的血。

慶仔行入門口埕那片日頭海裡，全身燒成金。

她忘情喊慶仔，手招他，想交代下次將穿著的那條褲帶來她補。

囝仔昨日下晝去大姨果子園挽的羅里盎，被她扔地上，曝曬裂開，香得頭暈。

●

我們在E的屋子裡，就像蝸牛黏稠在殼裡。

那台窗型冷氣機似乎在報廢邊緣，一開，一串硬咆哮嚇得S尖叫，一個大噁噴出霜霧，夾著惡臭。

S只穿恤衫底褲，像一件連身泳裝，小妖精一個，卻哀道，有一天，有一天我們會毀在這要命的癖好。

唇上的軟髭，讓她有英氣；髭上現在卻結著汗珠。

我們各自熱竭。

長條沙發傍牆，牆上開橫幅窗，窗外跨著高架橋，橋兩側豎著蘋果綠隔音牆，地下火車隧道，陰風與電流。

E蒐集N牌球鞋，幾十雙的成果一一羅列地上，與我們對看，一群入戲的觀眾，或者陪審團。

屋頂三分之一架了鋼管，垂掛四季衣服。冬衣則套著洗衣店的塑膠袋或防塵套，有屍袋的嫌疑。

S初次來就譏笑，還眞是個陵寢，挺豐厚的陪葬。在衣隊裡鑽了兩趟，咦的發現，這邊牆藏了面鏡子。

鏡子其實是一扇祕門，滿月的深夜，月光照澈整面鏡子，冒著寒氣，才發覺那隱藏背後的世界，在召喚，有時候像是一張神聖的臉。打開了，是個暗櫃，有一副完整的骷髏穿著枯黃的白紗禮服，很久很久以前，一對熱戀男女的新婚之夜，當鬧洞房的親朋好友都離開，兩人玩捉迷藏爲前戲，關了所有的燈，滿月照進，那面鏡子水晶似的映亮了，處女新娘的手指一碰，基因譜序完全吻合般，鏡門噠一聲開了，幻境出現，一個琉璃世界，處女新娘被迷祟，走進去，祕門就又噠一聲關上。

S潦草的編著故事，整個人塌陷我身上。

我被捉包了。她在我耳邊咕噥。

你上星期三來，吃當日特餐，主菜是迷迭香牛肉，我堅持請客不讓你付錢，把賬單揉了，結賬時穿幫了，他瞪我，一疊點單啪的甩桌上像甩我一耳光，我惱羞成怒，踢翻椅子，媽的才兩百二台幣你給我臉色看，我臭他你開個小餐館，心眼變得比屁眼小。

她自豪臀部連大腿的柔勁曲線所形成的神祕三角洲，併攏雙腿，伸直，斜放在沙發上。新認識一個客人，她說，祖籍雲南的寮國華僑，滿有話聊的，默契也夠，Weekday又下雨，沒人，我們幹掉兩支紅酒一支白酒，腳尖碰腳尖，他邀我出國玩，說帶我去金三角，某毒梟將軍的小兒子與他是拜把兄弟呢。罌粟花之旅，我的天浪漫死了。你是另一種選擇，他是一個機會。你覺得我應該怎麼辦？

他左胸連著肩胛、左臂一個虎頭刺青。不是左青龍右白虎嗎？沒錯，從我的方位看是左，在他是右，沒錯。虎眼露凶光，我滿怕的。搞不好我比那處女新娘還慘，被分屍藏冷凍櫃，眼珠當田螺，肝胃與牛肚一道，大腦是海鮮豆腐煲，薑絲炒大腸——

閉嘴！

反正他也姓黃，我都嘛叫他黃秋生，店名又是Cavemen，山洞人野蠻人跟人肉叉燒包似乎都是堂兄弟。你很沒膽耶。

她的兩腮到脖子水淋淋的一片汗。

我現在常想一個問題。其實我們的生意很穩定，本已經回來了，忙不忙也就是那樣，像打陀螺，可是每晚熄了燈拉下鐵捲門，心裡總有一塊空的，慌慌的，很像性與生殖器官的感覺，觸摸使用是充滿實在的，美妙的，高潮之後，比空氣還更虛空，甚至覺得髒醜。

鐵捲門降下，夸啦夸啦的噪音，讓我想起小時候我阿嬤的勝家牌縫衣機，摺疊收起就像一張長方形小書桌，掀起蓋板，放平，拉起機身，像個保齡球瓶，穿好上線與下線，兩腳踩踏板。踏板是塊黑鐵方塊，鑄有SINGER品牌名，踏板帶動皮繩推動衣針，一釘一釘的咬著布料，速度呢就由雙腳控制，噠噠噠噠噠，衣服的卡達就是剪裁碰到有彎曲的地方，得放慢速度，以便移動布料，試探小心的噠，噠噠，噠，噠，然後輕舟過萬重山，噠噠噠噠噠。有一年我阿祖，我阿嬤的媽媽死，高壽九十六喔，白麻布的孝服改改縫縫就是內衣褲，一疊白麻布隨著噠噠聲，流成一條白瀑布。

我阿嬤做衫的時候，喜歡聽拉Z喔、嗨嗨就是收音機的講古，好奇怪那些播音員只要是女的就揑著假嗓尖利的嚇人。怕我無聊，她給我一塊零頭布、針線，針刺破了指頭冒生一顆滾圓的血珠，舔掉，一擠又是一顆血珠。門口埕向陽，天荒地老的太陽，一過端午節就曬棉被，倒拿雞毛撢子拍一拍，棉絮與塵埃飛起來，和風同塵，飛到青色的大氣層。那一床床棉被，六斤、九斤、十斤，每一兩年得送鎮上棉被店重新翻一翻，靜靜的在乾燥太陽光裡像一隻隻肥甜的綿羊，好玩鑽進底下當山洞人，一下就悶出一額頭一背的痱子。所以高溫殺菌的日頭混著縫衣機充實的噠噠聲，拉Z喔講古一扯就是義賊廖添丁、林投姊、嘉慶君遊台灣、三國演義、七世夫妻，然後，大廳古老的壁鐘於整點時噹的敲響，太老的鐘就像老年人骨質疏鬆，響聲嗡嗡的有鏽。

鎮上有戲院，前面一塊空地還保留著一個防空洞。戲院裡有時是歌仔戲班巡迴演出，空地就熱鬧了，肉圓烤香腸芋冰米苔目碗粿麥芽糖燒酒螺。小生小旦一臉濃濃胭脂只穿內衣睡褲蹲在地上就吃了起來。散戲前幾分鐘，大門呱喇打開，我們衝進去看戲尾，兩旁的黑布幔鼓盪飄著。戲終總是音樂水庫洩洪般的開到最大量，小生小旦哭得死去活來，抱成一團。

過了九月十月，太陽就是另一種。站在防空洞上，看鎮上唯一的大街淹在金光裡，有嗩吶聲，聽著就泌出過量的胃酸，以爲世上只剩你一人。朗朗乾坤，以爲自己是史前橫越大草原的猿猴。

信仰太陽日光。

門口埕有三棵高大的龍眼樹，我阿嬷偶爾在那樹蔭下刺繡，十字繡，雪白的枕頭套，七彩豔麗的繡線，一地的光點。隔壁鄰居叫她的啞吧女兒，秋蕊——也啊，母雞咯咯咯。

下午的太陽很久很長，直射屋瓦屋簷與門楣，照燒出一縷一縷的神仙白煙。

來跟我阿嬷學裁縫的有富美子 Fumiko，美惠子 Mieko，良子 Yoshido，Sarako，扣來扣去，好像打撞球。姊妹淘嘰嘰喳喳，笑語春風。富美子阿姨是我媽的堂妹，高大豐滿，我阿嬷形容，嚇眞像一隻馬，雙眼皮大眼睛，闊嘴，穿一件式碎花布洋裝，雞心領，腰間繫窄細皮帶，燈籠袖，露出雪柔的臂膀。一頭大鬈大滾及肩長髮，以後在霹靂嬌娃的法拉與佳麗寶的鍾楚紅重現。她騎腳踏車載我到大街買魚丸請我吃，坐在椅座與手把間的橫槓，她的胸暖軟軟的好香啊，輕嗑著我小人的頭與肩。

繞到餐廳後的廚房，隔著涎著油的牆頭遞出竹筷子串一串的魚丸，奢侈極了。

富美子阿姨與我阿嬤在圓桌上打版，用舊報紙剪出衣服的構造，再一張張鋪布料上，用畫餅沿著形狀畫出輪廓。巧手慧心的就明瞭拼貼剪裁的過程隱含著將布料的邊際效益發揮到最大，物資貧乏的年代，任何一塊零碎布頭都不允許浪費。

及物及人，也很像她們那一輩的感情，認定一個人一個姓氏名字，就把自己裁剪成他的樣子，合他的身，所以說妻子如衣服。

萬一卡達錯了，剪壞了，不合身，怎麼辦呢？很大了我才了解卡達，cutting的日文外來語。

我從外面玩回來，躲巷口那個女瘋子肖英仔。據說富美子阿姨的阿姑，我要叫姑婆，也是個低能兒，嬰兒時發高燒燒壞了腦子，一個大熱天，沿著省道公路走，路旁挺直的大葉桉，死貓掛樹頭，猶有餘溫的瞇眼露出尖牙，迎風盪呀盪。傻阿姑走得忘路之遠近，焚渴，趴身去喝路旁圳溝的水，便倒栽蔥的跌下淹死。死狗放水流。

她們在廳裡做衣服，我逆光看屋裡，像浮雕，像刻印的陰文。富美子阿姨走到亮處，眼下嘴角浮著紫暈，眼白結著血塊。

終於有一天晚飯後她突然出現，赤腳，衣衫破爛，雙手雙膝淌血，全身發抖，我阿嬤給她喝熱茶，她端著還灑了一地。

又是給神經病丈夫修理的。這次是親戚來，她宰了一隻雞款待，丈夫返家一見，菜刀一剁，問她我同意了嗎？你給我變活過來。她頂嘴，都吃進肚子了你無理取鬧發什麼神經要我變活過來。她返身走了兩步，腦門一刺痛，頭髮被一攬一揪，眼睛隨著頭皮繃緊斜吊上去；掙開，逃了兩步，又被揪住，抓得更緊，全身肉顫顫的在地上滾擦。裙襬裂開，袖管撕碎。美人魚被拖釣上岸，銼著石礪地，魚鱗脫落，血肉裂開。她赤腳再逃，大地震動，還是在巷口被追上，背上被重擊一拳，頭髮被扭麻花的在丈夫手上繞兩圈。

我阿嬤拿碘酒紅藥水棉花幫她上藥，聽她源源本本講一次又一次的酷刑苦毒，被狗鍊拷，雙手反綁吊在樹下，被皮鞭抽，火鉗打，剃刀割。丈夫漲紅頭臉，爆著青筋，汗津津的打到喘笑。然後燒了熱水端來幫她細細洗身軀洗腳手，看著她一身瘀青傷痕，以吻以舔的憐惜哭泣，下跪懇求原諒。

我阿嬤瞪大眼睛問，安咧你又跟他生了三個後生？

那豐美柔韌且時時溢著芳香的女體，我阿嬤找了套舊衫給她，並不合身，她太高大了。鐘敲九下還是十下，夜海深沉無邊。裝在別人的衣服裡——我阿嬤或是姑媽的，給了她另一種目光看自己。

我阿嬤晃頭講，眞憨，打某豬狗牛，換做是我，趁他睡去，剪刀提起戳他兩坑，包袱捆捆走。

清晨大霧，富美子阿姨在濕茫茫的水霧中離去，大腳踏在濕地，微微震動。從此消失。

我阿嬤在灶腳升火，從水缸舀水，菜刀在缸沿磨一磨，簷下露水湯湯。日頭照在扶桑花叢，湃著一股鮮味。

富美子阿姨聽說後來千辛萬苦離了婚，在某大城鎮開了間洋裁店。我阿嬤將她染血的破衫洗淨，拆開，做成幾件小衣服給我穿。

傳奇可以延伸下去，在那個有紡織配額、經濟奇蹟的年代，一個長期被神經病丈夫虐待、差些打死的女人，還有什麼苦吃不得，她因緣際會成爲一位成衣業大亨。

上學前，我阿嬤煮一碗麵線拌豬油給我當早餐，我邊吃邊迷惑地上的腳印，跟著走，像隻小雞踏疊上去。一股神祕力量蠕爬上我大腿內側，鑽進去，又暖又濕。

S搖著一雙赤腳，故作嫵媚的互搓一搓，我疑慮她下次要說她迷上了彩繪指甲，亞馬遜河原始部落人體圖騰的爪牙化。

天氣那麼熱，城市沙漠化，我們暈糊的在沙發上，仰頭倒望天空，像一對出土的陶俑。

想起來了，S繼續說，夏天早上，門口埕突然飛滿天的蜻蜓，異象一般，滿天輕金屬的振動，縱身一跳一抓，指縫間至少夾到一隻，透明有筋絡的翅膀乾且脆，綠金的複眼，火柴棒似的軀體。我夾進一本書也許是我阿嬤的農民曆，想做成標本。眞是殘忍，飽飽的腹部內臟血液擠牙膏般流出。牠們無懼我的捕抓，零式戰鬥機那般頓在半空，營營嗡嗡，或者空中芭蕾的優雅凝住一個動作，在清青天空下，不知道牠們究竟想幹什麼？有什麼超自然的訊息要傳達？值得如此族群式遷徙？最後任憑我一個小孩屠殺獵捕。奇怪從沒史匹柏式的想過是外星人的迷你飛碟。

今生我要爲我年幼無知的屠殺而懺悔。我懺悔。

如果傍晚才雷雨，雨後，湧出大水蟻，像飛蛾，有趨光性，瘋狂的濕氣般湧進屋內，憨憨的如同醉酒的到處飛撞，甚至頭髮衣服上。牠們一頭撞在光裸電火球上，叮叮叮叮清音亂響，眞是好聽。或者一群群圍攏著光源，一團蟲霧爬滿紗窗。晚飯別想吃了，趕快蓋上紗罩。我跟姑姑叔叔接力捧著面盆，盆裡盛水，站椅凳上將面盆端在電火球下，那些笨大水蟻就櫻花似的落水，一下子屍體堆了一層厚厚。我跟姑姑叔叔閉緊嘴巴，怕牠們飛闖進去，光影在屋頂牆壁飛舞，生的蠻力，死的癡戀。姑姑呀的尖叫，跳下椅子，歪著身體蹦跳，有隻大水蟻爬進她耳朵。我阿嬷說牠們是從墳墓地飛出的，難怪好重的土腥味，教人頭皮發麻。可會帶有死魂靈一絲一毫？從死地飛出，慕光而來，卻因光淹死。將一面盆的蟻屍與水往外一潑，天邊嘩喇鞭過一道青白電光。

我們渴望伸出一根避雷針到那個雷雨後的夏夜，引導那個無聲撼人閃電到這個窗口。

我打電話到溫哥華找大姑。

基因不騙人，她的音色與祖母雷同，沉且啞，乍醒時更是粗礪。

紅嬰仔眞福相，一對耳仔大大片，跟你小漢同款，但是眞大吃，腳手又長，哭起像彈雷公喔。你要來否？惠均講歡迎你來住一陣。來啦，眞好迌迌，我就是壞在不曉駛車，環境眞清幽，離海邊又近，都是私人遊艇。跟你老父老母講，厝賣一間，換來這買一間，台灣人香港人眞多，免驚話語不通。這才是人住享受的所在，莫怪德國人笑台灣是豬槽。來啦。等一下，惠均要和你講。

我換撥給三叔。

個月前才離開我這，要再五個月後才輪到我。你老父那吃三個月，小的那再吃三個月。一，五，三，三，算得分毫不差，怎麼每個人都成了村上春樹，患了數字狂。

三叔又說，怪奇咧，我厝內這陣螞蟻特別多，不知自叨位走來，桌上一滴菜汁一粒糖，一返身隨就來一大陣，人給扛去都有可能。前兩天中晝居然發爐，從來無發生過。老實講，我眞驚。若你阿嬤在，伊就知處理。但是有一好，無兩好，伊走了後，你三嬸去清房間，眠床下幾個大塑膠袋都是那種小的紙盒，用廣告單雜誌紙拗的，吃飯時放魚刺骨頭。我又不是在開餐廳，那些紙盒十年也用不煞。我看是在我這，日時厝內伊一人，無聊，憨憨的拗。

好像螞蟻爬了我一腳一背，我再撥給四叔，接電話的又是四嬸，那聲喂一如她滿頭廉價人工香味的髮膠堵在我鼻孔。我重重的掛了電話。

咒詛她生生世世繁殖眾多，從地裡得食。

祖父過世兩年，四叔因爲賭三合彩與做生意虧損背了一屁股債。四兄弟唯有屘兒留在家鄉，幾次協議，趁房地產彼時開始滾熱，讓四叔賣掉自己的透天厝，祖父留下的房子三個兄哥廉價折讓，條件是祖母保有她與祖父的房間。一年後，房價更旺揚，四叔火速易屋，以大換小，低買高賣，又換新車，又爲兒子娶媳婦。

三姑憤怒不平的呱叫，當初舊厝的地被鎮公所收回，阿爸買新厝找我周轉將近一百萬，我想自己老父一世人到老才住新厝，我做得到，錢捧出去就無想要討回。結果老四尪某整碗捧去，一人獨得。我現在步光踏斗，給錢追著走，他們賣厝賺的至少有一半是當初我的錢。四嫂有夠惡質，居然嗆聲你查某嫁出去，無講話的份。什麼兄弟姊妹，都是錢在講話。厝邊隔壁個個搖頭批評，老父留下的厝，到手無一年，就賣去，心眞狠。大家注意看，阿母他們尪某是會如何對待。好戲在後頭，我先講起放著……

只是，我的父親。

負親。

無法分辨從那個時間點開始，提到祖母，他抽出一枝菸，長壽或三五，耍帥似的將整盒菸扔桌上，藉以將某種情緒物化，怫然攤開。

免睬伊。他從鼻子發音說。

家族裡，父親與祖母的個性脾氣公認幾乎是一模一樣。我大姑注解，查某人番，一如生番的蠻橫不馴良、好曲解人意。

我祖母二十一歲做母親，她四十歲人生頂峰時，父親已十九歲。而且她根深柢固的重男輕女，我忖測，在她大兒子初初成人的黃金十年，她難免不自覺的轉移灌注對丈夫的私情到他身上。

女身母者的生物本能，她一直依攀仰慕的男人增殖複衍爲二，她得以復返戀愛處子之身時，一生中最甜蜜華麗的時候。其後，乳汁將源源泌出。

她不知道逾半世紀後，兒子對她的偏執怨懟如此之深。

你阿嬤只知顧你阿公，那時有雞蛋吃眞稀罕，你阿公一人呷一粒，我們吃無一嘴。有時伊長衫穿水水，和你阿公手挽著要上街，我們偎過，伊啪的打我們頭額就罵死囝仔手黑墨墨敢摸我的衫。

你阿公阿嬤只知生，一個續一個，不知栽培教養。你六舅公後生讀大學，七舅公後生讀到高商，我初中要畢業，你阿公就講要繼續讀冊除非去考師專。兩人愛水打扮排第一，出門就是西米路長衫皮鞋，虛榮。莫怪做生意會敗。

你二叔被送去學打金子，你三叔去學做餅，你大姑做客運車掌，你二姑十七歲未滿就嫁人，我自己去找你八舅公引入農會，自雜碎等於是工友做起，搬米，一包一包比我較重，找時間去學簿記打算盤學如何做會計，但是你阿公跟我講出社會隨時得要穿整齊，勿當削面子。十五六歲我就開始幫你阿公飼我的小弟小妹，你阿舅跟我初中同窗，你問伊十六歲在做什麼？飼粉鳥釣魚騎歐多拜做阿舍仔。

我做生意，本錢不夠，找你阿公調票，跟你阿嬤兩人驚喔，驚到半暝睡不去。當然，那時有票據法，是會抓去坐監。

我知你認爲我看錢重，以爲我對父母兄弟姊妹無情。我跟你講，男人的骨氣與氣魄，是你打拚多少做多少，就得多少。凡事認眞計算，算得明，一分一厘，才合義理。我希望我的意思你會得明白。

在絮絮叨叨中，錯步掉進過去的鏡廊，時間，一如水銀瀉地，一顆顆含毒晶圓亂滾，一如鐵漿，熾燙緩流，流經之處燬熔諸物，嗤出狼煙。

他們，皆垂垂老矣的母與子，坐在客廳裡，她畏葸的蜷縮兩手，手背川直的靜脈突瞪像月世界的稜脊，又點布討厭的蛹色壽斑。我小時候，她好愛現她十根蔥指，掌紋裡長長縱貫的文筆線——有什麼意思呢？命定手巧多才藝。現在則是一根針也拿不穩了。

客廳有三十七吋電視、附卡拉ＯＫ的音響、冷氣機，高樓遠眺中部平原煙塵蒼茫，公媽神主牌高踞一隅。她兒子的孫子、孫子的兒子，滿三歲，遍屋奔跑跳滾，視她若活化石，跑經她身前，嫌她擋路居然老大痞氣的做驅趕狀，閃！

父親一睨，準確的捕捉了這一幕，漠然的收回眼光，給自己斟茶。那年南投的冠軍春茶，醇香透腦髓。

老夥仔——老貨？你邁不出穩健腳步，韌帶關節又脫鏈僵化，就該識趣自愛的閃邊讓路。

正如她認生懼怕自己的兒子。我看著她在那四代同堂的客廳裡一再蜷縮雙手，唯恐占的空間太多太顯眼。

我多想伸長手，穿過時間迴廊，拍拍弓背俯在縫衣機上她的肩，一世人愛花愛美愛華服，但花凋落土終究是骯髒泥塵違心願，衫就是等著給蟲蛀吃，人就是會老醜。你明不明白？要不要及早回頭是岸？

我遲不出手。卻癲狂的見到有一個邪我，暴戾的揿按她的頭撞在黑雲大理石桌，黰血迸流爛成富貴牡丹。而她的子孫後人靜目夷然，觀禮如儀一般。

終於，因爲電視裡日本節目的一個丑角的一個假動作，她的曾孫開心大笑，笑聲脆燦，全家感染了跟著微哂，她才放鬆平伸右手如一片月桃葉，在大腿上輕輕推著。

本命緩鈍在土星的我，要等到返回台北，在E的屋子，身旁的S慵懶如蛇，我挺背取一杯水喝，放回桌上，雙肘擱大腿，雙手自然垂在兩腿內側，猛覺這動作何其熟悉，竟然這細微的生理末節我也遺傳了我父的基因。

我伸長脖子，直視E別出心裁掛放的那面鏡子，更看清了她與我父、其子在同處老年期的相貌，垂漏鬆弛的眼角嘴角與下頦，是那樣的肖似，一如照鏡的主體與鏡中的客體。細胞漸次死亡寂滅，不再新生遞補，所以組織空洞間隙擴大，所以肌肉皺摺堆積。那樣的肖似。

我無聲的唸出這樣存在記憶的句子，飛揚去吧，我隨後就來，我們都是一樣的。垂垂老矣且冰涼的雙乳，她如何飛揚？

●

她講，六兄的女兒是這樣形容的。

阿姑你知，我歐多桑最清潔性，一定逐天洗身軀，今嘛頹得連放屎也不曉，跟植物人同款。那天燒熱，我就趁中晝放一浴盆的水，給伊浸了去，若給紅嬰仔洗身軀，我歐多桑真歡喜，目睛仁轉啊轉，一身人剩骨頭枝浮啊浮，我一時手無力，伊就險險翻過，眞像一隻龜喔，自己老父，雖然歡喜伊吃到九十外，但是變做這款，我是一邊給伊洗一邊目屎漣漣流。

阿姑，我歐多桑洗身軀的情形，你想不到。

●

島國確實小，不至於懷疑島南島北是不一樣的太陽。

晴日的千家萬戶，冷氣機的馬達齊聲轉動，哆哆噠噠滴著水，屋陰裡看向陽處，荒靜著。

某個週日，我在電話裡問她家鄉天氣。是三姑氣不過，幫她在房間申請牽了一支電話，姑嫂爲此又冷嘲熱諷交戰了數回。

我四嬸首次直接向我吐冤，苦毒你阿嬤我是不敢，但是我講過，叫我友孝奉待伊也是不可能。我就是要報一下老鼠冤。若論糟蹋人，誰比得過你阿嬤少年時那支嘴，笑我下頦長像煎匙，嫌我以前是女工，嫌我醜，嫌我俗，嫌得無一塊好。今嘛是我持家，你四叔飼老母是理所當然，媳婦就不一定。

她嘖嘖喊熱，日頭要落山就秋沁，晚頓了後沿田岸行行，才發覺離我做查某囝仔時林厝的農場很近，經過一個溪嵌就到。我看四周圍也都是田，當年農場最後是八兄分去，有一陣變做雞場，那年得雞瘟，逐天迗雞來，全家吃到驚。聽得到溪水聲，心內又歡喜又傷心，想要去找，但是驚天晚了到時不認得路，行不轉來。

眞熱，熱得強欲爆粑。我跟六嫂彩蓮偷偷去溪底摸蜊仔，摸一畚箕，那溪水透心涼，一尾水蛇手肘那麼粗自眼前游過。暗時煮蜊仔湯，一人一碗公，捧著在埕上吃，滿天星閃閃爍爍。

日頭眞焰，田岸路中一隻水蛙給輾死，隨就曬成乾。

中晝日，直直照射頭頂心，一隻隻金釘銀釘打進腦髓。

腦門掀開，濕黑中飛出蝴蝶。

她北上與三姑與我同住的一年，從旱夏到旱夏，我祖父過世不到兩年，她恆常覺得還在熱喪中。

住處在第十三樓層，搭電梯，她例行的出遠門先頭髮染得烏亮，搽粉抹唇膏，洋裝皮鞋，一股淡而寧靜的香。但她嘮叨，住這麼高。

三姑偶爾招朋友開一桌麻將給她娛樂，她輸贏籌碼一個個豁啦啦算得頂眞。大家笑她，她正經道，錢尚好，給我贏一百萬我就來去雲遊世界。

我經過牌桌，來，她遞出一張紙鈔，給你吃紅。

洗牌聲嚕嚕嚕。出門前回頭望，我好像看見樓崖星空下一桌老中青女巫在煉丹。

我印象清晰那個遙遠的下午，西北雨在醞釀，三姑帶我到小鎮最西邊有廢棄的運甘蔗的鏽黃鐵軌，守候一個人。暴雨一顆兩顆稀疏落下，擊地燙出一朵朵黃煙，我們各持一片芋葉遮頭，空氣燥熱咬人，枕木斜坡下一大片芋頭葉，雨珠在葉上滾動。等到天邊泛起水紅霞光，鐵軌後斜坡冒出脖子額頭貼膏藥的小女孩，跑來帶一句話給三姑，隨即衝跑回去。我阿叔叫你緊轉去啦。三姑也兩顆大淚落地燙出一蓬煙。走回家，已是水墨色的傍晚，祖母瞪眼立在大廳門口，我們進屋，她一手拉我往後退，舉手一隻竹棍殺三姑身上，三姑逃床上拉被子蓋，她奮力打，啵啵啵的竹節從中綻裂，竹膜飄揚，照打。打到又落大雨，她滿面紅光。晚飯時，叮叮叮的黃燈泡撞著鑽進屋裡的大水蟻，瞬間一屋子長出影子翅膀，呼呼扇著，大水蟻與濕氣瘋狂的湧進，憨憨的如同醉酒的到處飛撞，甚至頭髮衣服鼻孔上。牠們一群群圍攏著光源，一團蟲霧爬滿紗窗。晚飯別想吃了。我跟姑姑叔叔接力捧著面盆，盆裡盛水，站椅凳上將面盆端在電火球下，那些笨大水蟻就櫻花似的落水，一下子屍體堆了一層厚厚。祖母說牠們是從墳墓地飛出的，難怪好重的土腥味，教人頭皮發麻。從死地飛出，慕光而來，卻因光淹死。將一面盆的蟻屍與水往外一潑，天邊嗶喇一道青白電光。

人散後，她到放置洗衣機的工作間露台抽菸，窗外不遠是某家航空公司的霓虹招牌，電藍電白溜轉，她凝視一會兒才說，日本時代米國來空襲，飛機上的人有看見，雲頂一雙紅鞋，是媽祖婆用伊的衫裙盛炸彈。

她皺嘴繼續無聲咕唸，如同每一次舉香拜公媽。

至熱之夏，大旱天下，悠長午後，繭居於十三層樓高的空中，她橫躺在沙發上在鋁窗下，晨起臉上敷了膨粉，薄唇咬一咬抿一抿就血紅。青潤天光掩映，胸腹累著一件紫紅長衫，修皙十指做著襟上的盤扣。

上古神話，幽谷天池中長著一棵通體清涼無汗的大桑樹，九個太陽於此棲息，嬉戲。

我問，你在做什麼？

橫躺讓她雙目瞇垂，鼻孔仰天，她平淡答，我去蘇州賣鴨蛋要穿的。

離地大約四十公尺的高空，是水泥棺槨還是金裝玉匣，我突然了解人皆有死，是飛鳥的影子投在我們的額上。

或者，呸的一彈鳥糞。

●

與B君與甲子約齊了去Cavemen朝聖。

喲，我們怎麼演起三廳電影了，甲子自嘲。

你看過？我質疑她怎麼知道此一歷史名詞。

沒看過豬跑，總吃過豬肉，我幼稚園就開始看電影啦。

黃疸色鏡片，無框的兩片方形覆著她大半張臉，無論悲喜很難在這樣的臉上深刻印記。

她不止一次警告我，七字頭的早已出來混了，還烏龜一樣慢吞吞，你小心被踢到下水道去。

王家衛爲什麼當道成爲大師？他簡單，漂亮，沒有負擔，完全符合現今的飲食觀念，色香味俱全，更要有特色，但絕對不能留在身體裡讓我們變胖。另一方面，他又有著Drug的本質，讓你High，讓你過癮，卻沒有副作用。一個美麗新世界。新的沒有皺摺，皺紋。

希伯來字母的第一個，音譯阿萊夫，意思是學會說眞話。

E，W，S都在忙。目光啪觸一下，打招呼。

廚房戲場化。整個進食場域昏昧，桌上豆苗燭火，襯得他們的烹調舞台後現代的華麗。隔著L型櫃檯，不鏽鋼或銅黃色器皿與長頸鼓肚的玻璃瓶罐形成專業儀隊，加溫中的烤箱卻是洞窟的謝肉祭。E、W與一位或許是工讀生胸前勝雪的圍裙，動作明快，知道是被觀看著，節奏難免誇張了些。人與器含著霜青的光。

一把長約三十公分的鏡亮刀子，W帥氣的耍轉了握柄一圈，親吻似的就削了一粒孕實的牛番茄。

S自由穿梭在陰暗與明亮的兩區塊，拿了我們的點菜單，返傍櫃檯邊，拾起菸灰缸棲著的菸，深抽了一口。

她穿牛仔布短褲，蔓淌著絲鬚，臀緊翹，原先搭配的網襪讓我剪了。突然她一踏高腳椅，一縱身，伸長手去抓櫃檯後E的髮，扯了一把，管自戲謔的笑了，瓶鼻海豚的呃呃聲。

顯然W覺得他的工作倫理被冒犯了，怒目瞪了兩人。

S朝我們皺鼻吐舌。

那句廣告金句，只要我喜歡，有什麼不可以？流水十年後，質變進化成，只要我可以，有什麼不喜歡？

S與甲子以及我認識的女性，新世代品種，她們大概都不察覺，皆沛然莫之能禦的渾身這種蠻氣。甲子讚賞E的好脾氣，自訴若哪天嫁給了他，請千萬別驚訝。

B君與我連忙拱手，請便。

我高中時，父親生平第一次開刀，不是嚴重的病症，祖父母仍緊張得趕來住了一星期。祖母先去算了那年父親犯太歲，術士教她須連續三天天未光，備幾飯幾菜與父親貼身衣衫朝不同方位祭拜，燒符。我母親最鐵齒，嗤鼻，迷信。婆媳就在廚房角力，搶用刀鼎油鹽，各臭著一張臉。祖母背後怨懟，也要神也要人，一切我都擔起做，還不好？

甲子搖頭解析，這你就不懂了，這是領土主權的爭奪戰，一間廚房只能有一個主婦，多了甚至會出人命的。

W右手腕一揚，一個花式旋轉，刀鋒激起光花。他方臉的地角岩硬，鬍青加汗水，更顯甸重。

嚇，伊灶腳桌上煮一大鍋綠豆湯，我眞有志氣的，伊翹頭無叫我吃，我死都不會去動。

我祖母電話裡說，家鄉正午大太陽在鐵皮簷篷像冰雹落擊，她掌擊床沿，眞不甘願啦，給這個查某欺負到這款，等我死了後，做鬼一定來找伊，絕對不會給伊好過！我就不信伊會吐劍光。

B君大嘴咧笑，說公道話，你四嬸是心胸狹窄，但關鍵在你四叔，她不過是順竿爬；沒有你四叔默許，你四嬸敢嗎？切記，我們都不要活太久，長壽多辱。

最後一句叫甲子動容，她左手蓋住B君持叉右手背，握了握。

昏燈裡，眼前如罩一層黑紗。他畢竟與老婆分居了，搬出來，塑膠小人玩具密密攏一地如兩軍對壘，陪他喝悶酒。衣服雜物成箱成袋還堆在一角，隔牆鄰家小孩洶洶夜啼。那一刻，B君自訴，很荒謬的想到滿地的它們都是我那些找不到媽媽子宮的精子。唯恐它們齊聲哇哇哭了。

我挑撥盤底的羅勒草，嗅覺聯想，我祖母的九層塔炒鴨蛋，治骨頭痠痛，需炒得乾焦，嗆鼻。虎耳草，竹籬下種一盆，很威武的名字，葉片毛絨絨的，搗爛了糊治疔瘡。

至於月桂葉呢？

S僵著臉來，虎的拉過椅子。待會兒我跟你們走，搞清楚，我也是股東，不要動不動給我臉色。

我尿遁，她尾隨，拱我進儲藏室，狹窄空間凍得呵氣成雲。我說理智點。不讓我跟？她瞇眼挑釁。

門猝然打開，W凌厲目光一鞭，好風度的解圍，說叫E開了一支好酒，一起喝吧。

我們將未及交纏的魂魄留在冷氣儲藏室裡脫水成爲蟬殼。

送走最後一位客人，玻璃門上鎖，熄燈。落地窗後一個小天井，望上，四層樓老公寓屋頂居然是十五六的滿月，燃亮的笑著。

甲子B君與E坐一列，W右腳踏在几沿，左手晃著紅酒，有些痞賴。我身旁S兩個膝蓋白玉無瑕像拜伏著的兩個小和尚。W特撕了一包燻鮭魚，澆了檸檬汁胡椒，我專揀盤邊的pickled capers吃。

旅人來到井邊，井裡浮出人頭，說請幫我梳頭，梳得水亮水滑好像流年，然後放置井垣晾乾。井裡又浮出另一個人頭，說也請幫我梳頭，梳得水亮水滑月明風清。井垣究竟能放置幾顆人頭？

甲子噗哧笑著指S，你是第三個抬頭的。

S轉向W，來，你幫我也梳梳頭。

W無語，有所依戀的捉住她的一隻手握著。

在E的屋子，彷彿築於流沙之上，地底鑿空，有多瘤節蟲豸般列車風雷並作的營營去來。她拾起一本書，隨口朗讀，拿著燈出去迎接新郎的童女，有幾個愚拙的？幾個聰明的？

她丟下書，直視我，複誦一遍。吊梢眼中有寶石。陽氣勃發的天光迴映屋內，屋外樓牆與壁，窗欄與鐵架，天線與衛星碟盤，灰白得一如骨骸，墨黑得如炭棒。

也不過是兩三年前，S爆料，她與W去美國遊歷半年，最後落腳在紐約市皇后區W的叔叔家，叔叔嬸嬸終於等到了孩子離巢念大學，決定回台賺錢，正好請W暫時看管。屋齡五十的兩層獨棟，前有小片草坪，後有車庫與籃球框可以鬥牛，好高大魔掌般的洋梧桐，落著刺蝟般小黑球。十一月初住進去，新英格蘭十三州的紅葉大火快燒到盡頭，租敞篷車開去追了一圈，像闖入莫內的畫，回來兩人都胖了幾公斤。那房子其實大而無當，老人的胃積食不化，物滿爲患，成災。陳年化纖地毯，窗縫矽膠黑黴，也像老人假牙，溢出恐怖怪味。開放式廚房餐廳，足以開一間小家電museum，光是咖啡機就有八台。地下室好像礦坑，一台魚雷似的熱水鍋爐，通後院的樓梯旁隔出一間房，之前租給一個台灣留學生，留下很重的體味，與一牆壁運動畫報的比基尼女郎。感恩節深夜下了第一場雪，早上樂得打雪仗，W特意脫剩一條內褲拍照留念，雪光映得臉上分外喜亮好看。然而屋子舊得漏風，暖氣容易外洩，常常半夜凍醒，叔叔交代油貴暖氣要省著開，只好睡前喝烈酒抗寒，喜歡那茫得渾身熱脹暈轉、失去言語意識的感覺，竟爾愈喝愈多。W瞇眼笑說，你會夢遊，咪咪垂到這裡，他手在胸前一比。他混上了一群台裔美人，外加兩三匹義大利種馬，輾轉幫他引介一位米其林三顆星主廚學做甜點，一週兩次，很晚才回來。她看一白天電視，沙發上睡著，洋梧桐濕黑樹枝相繼掉下啵嚓撞了窗玻璃，分不清是魘住了還是靈魂出竅，大雪後乾凍的天空欲夜前的可見度極低，一切灰毛毛，意識徘徊在黑膽汁洶湧的黑洞邊緣。閣樓鑽進了松鼠。W熱烈的說著他的大夢，習得烹調一技在身，他要做地球人浪跡天涯，去當番茄橄欖採收工人，去葡萄酒莊打工，去捕鮭魚，去吃烤羊眼，去阿拉斯加，去奔牛節。他不是共商兩人前途的意思，不囉唆，要來就跟我一起走，不然拉倒。他睡眠中的手，猶有麵粉蛋與糖的味道。一夥分乘幾輛車遊車河，當季的國語流行歌曲中，台英語交雜扯屁，誰遞給她一個阿扁娃娃。記得那碩大無比的橋體，凸懸於海天之間，而天上光亮，令人懼高症，橋拱與鋼索上有閃燈，可愛的青白冷光，召喚著極地蘊有萬鈞力道的虛空氣流，她探頭見黑海的皺浪，獠牙飢餓的大海，她懷疑他們要開上外太空了，橋分上下兩層，萬車奔騰，一輛銜一輛，哇，是旅鼠的集體投海呢，還是星際大移民？夜半給喉嚨乾醒，她要試一次，赤裸的做自己的主人。小腹一圈肉。拉開客廳百葉窗，草坪上與樹幹上的雪結成冰，路燈悽黃，凍僵時刻，活人的氣息減到最低，莫非鬼域。

甲子憋著氣悶笑，抖得臉通紅，問，你咪咪眞的垂到這裡？

S述說，週五夜，等收工，W一群朋友相約遊車河，四輛跑車，二火紅二黑，巷口停一排未熄火，豪邁等候。那是他們的傾其所有，車馬衣裘。散髮肩上，微駝背，指間夾菸，外八字步進店，呼喚W。改裝引擎洪洪一催，一輛接一輛，過往人車側目。但，有幾個愚拙的？幾個聰明的？

抽菸等出發，唯獨她像油紙，不沾墨的離他們遙遠。思念，白千層的棉絮給暖日引爆，一毬毬揚散空中。

我以爲你會出現。她閃著淚光說。

改裝加強的汽車音響，低音喇叭像一頭鯨的心臟。速度那麼快，音樂那麼重，然而，我們是沒有故鄉的，是失去原鄉的人。

甲子雙手突攬著E與B，似啼似笑但難掩其快樂的說，我該跟誰回去呢？

店裡電話鈴鈴響了兩聲，屋外呼嘯而過一紅一黑一白跑車停在巷口，引擎與低音喇叭喃喃咚咚共振，落地玻璃門窗起共鳴，是W與他兄弟的邀約信號。

S故意柔情挽留，別去。

W低眉歛目，浸濕的鬍青。電話又鈴響，然後我們看著几上的玻璃也痙攣起來。有些遲疑，有些艱難，W還是站立起，一如復健病人。

S如花萎謝在地。她也說過，寒流壓境時，從外看著這店，燈色燒暖，廚具閃光，W專心一志掌廚，連油煙都有笑意，她會有幸福充盈感，如蠟的軟融。

正如甲子在E的鞋陣上芭蕾伶娜式的踐踏，不自覺而殘忍的摧毀一個孤獨者的秩序世界。

跑車群在街上吱的繞彎踅回，砲彈射去，與時間競飆。

E開燈，按下鐵捲門開關，企圖擋一擋時間的長河。報載長江三峽大壩已成，沿岸幾多城鎮村落從此冤沉水底，不見天日。

B君俯身與S耳語了什麼。

留下來、未走的、走不成的，有幾個愚拙的？幾個聰明的？

●

讓我們將時間放慢一些，再慢一些，譬如夏天等沸水涼了，十二月晚上等冰塊化了。如此，焦距拉拉拉長，景深更立體，視野的幅度更寬。

緩慢的重量與壓力。

小時候在家鄉媽祖宮前看做「糖蔥」，一大團麥芽糖持續的揉、延展，最後兩人往左右兩旁拉，一條長蛇，觀眾哇的驚嘆，待冷卻脆硬，切一截一截，橫剖面就有石灰岩那般容易被水蝕切割的空洞。我把玩延遲著，突然驚覺它像一隻白骨，才懊惱它暘黏了滿手。

看進那空洞，時光隧道，窺見我這些盛年友人一如孑孓，魚卵。

請理解，容忍我說破吧，我們命薄如紙，命如紙薄，而所謂薄紙的意思，是輕便的不必固執附著於一地一國的新游牧族。如果國家可以企業化，執政者譬如CEO，覺得他績效太差能力太壞甚至太醜老土，看不慣不喜歡，那就拍拍屁股主動遷走，換個地方，選個我喜歡的繳稅等於付保護費。眞正的自由與選擇是這樣的。反正到老了，不論是在哪裡，這世界看起來都是異鄉不是嗎？

將白骨蔥糖倒轉另一頭，我得以看見那個駝背老女人，好老了扶牆摸壁脊椎彎成一個問號，正午日頭下行走在一個中部鄉鎮的主街，回溯她的出生地，道阻且長。盡頭，形同廢墟的所在等著她。

那首關於唐吉訶德的英文老歌〈不可能的夢〉，我仿作一句，回溯那不可能回溯的。

那幅人類進化的圖畫，由雙臂垂觸地上的猩猩而人猿而直立人種，由左至右水平線站一排，彷彿由問號進展到驚嘆號。但她的例子，爲殘酷的時間迷離幻術所玩弄，壓彎了她的脊椎，於茫茫中回返去追討一個答案。

同情嗎？省省吧。硬骨頭的她會講，免啦，各人的業各人擔。理解？所謂理解不過是，我僭越做上帝，這樣無用之用方爲大用的以紙筆以文字爲她再活一次。

她永遠在我的血液裡。

當我死去的時候，她得再死一次。

哼哼，再一次，我又掉入那個不知伊於胡底的感傷幼稚病中不是嗎。

●

我大姑轉述，她打越洋電話給我二叔，淅淅索索哭訴，無人要飼你老母啦。

二叔隔著太平洋竟也陪她哭了起來。

十二點，老舊自鳴鐘噹噹敲過後，我打電話給父親。這時都是他接電話。

我直接切入正題，阿嬤哪裡去了？爲什麼找無人？

鐘的鳴噹還在耳邊回響，聽得我心驚膽戰，唯恐下次它就墜地碎裂。

哼，他呷了一口酒，冰塊在廣口水晶杯裡滑動碰撞，你問我我要問誰？

他兩片唇遺傳自他老母的薄如剃刀。忘記跟你講，你三叔跟我投訴，一次感冒就張，連續幾天倒著不起，不吃不講話不睬人，只好硬扠去病院吊大筒的。你大姑趕去病院罵伊，想試看會死未？自少年就常常使那種大小姐性子，無人有。你愈睬伊，伊愈無款。你阿公才死無多久，就鬧講要去住菜堂。伊愛去哪就給伊去。

嗯。

我木木的看著父親，像看一長張膠卷底片，柔韌而脆的材質，阿拉丁神燈般神奇的凍結了時間。我摩擦燈身，呼的召喚出整人的精靈。

逮著機會她又跟我講古了，當年去跟你老母下定，紅糖幾十斤，白糖幾十斤，糯米幾十斗，紅龜粿、大餅各上百個，請幾台三輪車載去，「滿滿載去，空空車轉來，原本按算你外公外嬤會意思意思只收一半，這下壞了，那糖跟米是向你八舅公借的，這聲要怎樣解釋？你老母講她阿嬤也就是你那個無牙外祖，逢人就講講一年，吃你老母的喜餅吃得有夠歡喜。當然歡喜囉，也要孫婿有那個才情。」

那天，父親開著公司的小貨車轉來。下晡一點，藍色的貨車停在龍眼樹下，父親在房間內睏晝，沒一絲風，廳裡的壁鐘晃它的鐘擺，不知祕在哪裡的壁虎嘎嘎的叫了兩聲，整間厝在日頭下淡淡的冒煙。

小貨車才在巷子口按喇叭，她要我趕緊去春郎家討九層塔，炒鴨蛋，治骨頭痠。父親還喜歡吃空心菜煮湯，番薯葉。父親垂著眼睫漱漱喝湯，咀嚼得牽動下頷與脖子，汗濕的，他說，卡桑你還不吃？她說，吃飽去睏晝一下稍歇息。目睛又大又亮。

灶腳的甘蔗板牆壁，貼著一大張中國地圖，青海省就是一窪天青色。紅磚灶裡的火弱了下去，金魚背鰭的浪擺。

我也趕去了醫院，下著毛毛雨，穿越停車場時被鐵鏈絆了一跤，跌了個狗吃屎。我一跛一跛的進急診室，甬道這頭，遠遠的就看到她躺在活動病床上吊點滴，一排日光燈一如鐵軌枕木，亮如白晝。她心電感應似的頭一偏，看到我，臉上沒有表情，眼珠灰濁，那曾經晶亮又大的美目在時間的重壓下塌陷了。那上仰的臉容，一個離水太久的魚頭，兩腮吃力的開合，嘴角流著口水。

我握著她冰涼的手，她不使力不與我應答。

四叔說，要出門，伊隨即就去抹粉穿絲襪拿皮包還要穿皮鞋，我就罵，是要去看醫生不是要去吃喜酒。

根本，這是一個關於被背棄者的夢？

她的兩道眉毛稀淡得如菸灰，嘴一噓一吹即散。

我換工作之間空檔的那年夏末，她願意來與我同住一陣，我準備了一疊歌仔戲錄影帶給她殺時間，勸阻不讓她早睡早起，吃飯呢我就煮一鍋飯偶或丟入番薯切塊，去自助餐買菜再裝一袋湯回來，兩人辦家家酒似的。我希望這對她會是一個華德迪斯耐式的小小假期。我哄她哪天去看我弟弟小孩，買件衣服當禮物吧錢我出。帶她去植物園。她需要的其實很少很少。她還是將浴室廚房大清掃，掃帚披上抹布舉高了擦瓷磚。我隨她，兩個獨孤有巢氏，相互守望。老死不往來的隔鄰之一，例行每天下午神明前擲栝，叩的砸地清亮響聲。之二老芋仔，一日數回清喉嚨吐痰，咕咕咕呸的一隻大怪鳥。就著天光，在床上攤開隨身攜帶的細軟，三個姑姑送的戒指項鍊玉鐲玉佩，她一樣一樣說明來源，說找機會全還給她們；一條我在成田機場免稅店買的GIVENCHY手帕，藍底花卉怒放，她也說還你。抖開，嶄新的，沒用過，我收下。將那包細軟推回去，我硬起心腸說你自己還。眼睛底層灼熱了起來。

家鄉舊厝的暑天，有時晚上雷雨，屋內應聲斷了電，昏黑中空氣潮悶發黏，流著汗靜靜的等著閃電一晃，每晃一次，就覺得天壓低了一層，田裡的蟲全部撲翅蹦跳起來。昏黑中講話，音波像在古井裡迴盪。終於，很沉的一巨響，天空裂開，焦香瀰漫。

老人頻尿，她在一星期後的半夜，一起床，頭暈腳軟，重重坐在地上。老人怕摔，尾椎骨盆痛得無法下床，我懊喪的扶她上廁所，來不及坐上馬桶就尿了，哎喲，她惱恨著。幫她換下尿濕的褲子，我柔軟的沉默著，那是至今我看過最糟糕的身體不是嗎。

「現在我所缺少的就是死亡了。」祂中有若魚鰓開合的話語。

我與她與祖父在舊厝住到十歲，冬天總要抱著她睡。相同一篇話她連說了幾年，你老父帶你走的那晚，你阿公換好睏衫，一直靜靜不講話，我電火一熄，他遂來哭，我也跟著哭，兩人若孤雞。

去我四叔家得經過一條長長隧道，容易塞車，隧道燈光病黃，鑽出去後，另一種天氣，時間迴路是否出了差錯，岔到另一條路徑？一個蝴蝶結的彎路下了高速公路，進市區，樓叢雜林撲戳進眼，路窄，鼻子幾乎碰到車窗外市招。有時天晴海藍，東北角海面的暖潮氣流，千萬隻帶磷粉的蝴蝶拍翅，映得瓷磚牆很精神；昔爲紅磚牆的舊公家機關大樓，蠢得通體抹上嫩黃水泥漆，牆陰掙出黴苔，假得一如電影片廠的道具街；天藍成一桶油，車子做了個U型迴轉，這一壁待拆鷹架上一大幅《海底總動員》擬人化魚蝦蟹族太平歡樂圖，午時太陽裡假得很眞；圓環旁一座金碧輝煌的廟，燕尾飛簷，啊記起來了，某次的電視新聞，此廟前常一瘋婦一身臭烘烘爛衣指揮交通，累了就地躺下便睡。一個現代化社會的渣滓，與垃圾一起掃掉就好了。車體彷彿一尾白帶魚，偏轉幾次，又出市區，枯溪河床連同堤岸布滿繁殖力極強的莧科野草若海潮，層層矮山的皺摺裡，居然好大一仙白髯飄飄的土地公。太陽裹在雲裡濕濕的悶燒，時鐘在這裡經常打盹，造成落差，她不自知但強悍的準備活到一百歲？

四叔房子位在緩坡邊，接著一段陡峭的水泥階梯，靠海近，季風吹起的感覺強烈，颳來雲塊積久不散，陰潤欲雨。葉片肥厚的樹籬後灰沉的社區公園，好像是一兩個啞吧孩童在搖晃鞦韆，沒上油的軸關節嘰乖嘰乖的鑽著耳膜。每次來，我們講一樣的話，搬出相同的人，笑著重複的笑話。我耐著性子陪她把玩著過去像一個破爛脫毛的玩具，終於磨得自己疲乏毛躁起來如坐針氈。我起身到窗邊，視野開闊，一條道路向東北角奔去。鞦韆還在嘰乖嘰乖的響，在這灰撲撲渴睡的社區裡，嬰靈作祟？我手臂起了雞皮疙瘩。我總是怨怪我的壞脾氣是小時候被她慣出來的。我即時懺悔，撫撫她的背，完全走位變形呈S狀的脊椎。她的體溫略低，寒玉般。

你九舅嘛去了。她講，氣血虛，音抖抖的。

九舅公啦。四叔替我訂正輩分。

大我三歲，舊年送去住養老院，生骨刺，不得行路。飼那種後生枉費啦，你九舅栽培他到出國讀書，心那麼狠送去養老院等死，一死隨就燒掉，也不給人知，又不是一條狗。可以講比一條狗還不如。我那輩只剩我一個。

離去時，她靠在窗口目送我，我出公寓大門，橫過大馬路，路直奔盡頭有大海騷動；我在步下階梯前回頭一望，跟她招招手，看不清那老臉，在瓷磚牆鐵窗冷氣機有線電視管線中，一片起毛球的月亮，但我清清楚楚那意思。半空擦過飛鳥的影子。走前我如例安撫她有閒再來看你。有閒，有空。她的空是蛀空的，日常的風一吹，酸的，痲的。

四叔大聲喊，你小心！她坐在沙發上，有些艱難的彎腰去撿地上的瓜子殼果核，手背稜起青藍靜脈。哎喲，你注意若摔下去就壞了了。四嬸說，天未光就醒了呀，但會等我們都起來了才下床，公寓厝，就這樣房間客廳行來行去，自己無聊，就去偎在窗子邊看路上賣菜賣水果賣衫的，不識的就問，還很好奇呢。很清潔性，每天四五點就去洗身軀，內衫褲自己洗。還是很愛美，我弟媳送我一罐指甲油，我問給你搽好麼，點頭應好呐。

……

階梯很陡，我很快的再回望一眼，總是有霉味之嫌的太陽斜了，那一面長牆有小學生的集體壁畫，這一邊亂糟糟綠裡有枯褐點的小圓果究竟是無患子還是青剛櫟？整個社區一如蜂窩，一戶疊一戶，睡眠疊睡眠，陽台有狗籠，廊下掛鳥籠，廚廁穢水走它的管路。明明是扁平的人生，卻企圖垂直拉長高度以求得戲劇化。

既然答應了她，我會再來，上階梯，再離去，下階梯。

企圖垂直拉長高度以求得戲劇化。莫高窟，必得仰望的佛顏。

我想用一如在塞外的瞭望台的眼光與心情，直言不諱告訴她，老女人啊，你的時日已到了最後，你的路已走到了盡頭，你已從家鄉來到了異鄉，為你登彼岸的那天準備一顆平和的心吧。

就像觸摸你枯竭垂垂離離到肚臍的雙乳。

收話前，闊別年餘的第一次，我父親問我，會無閒麼？工作會很緊麼？

在南部某空軍基地服役的那一年多，我經常在星期日與我父親在家鄉不期而遇，他也是回來看望父母。家鄉長晴乾燥。傍晚，他開著白色福特載我到隔壁鄉鎮二林搭火車歸營。我們父子間極少有話家常的時候，兩人單獨相處譬如彼時，我總是不安而略微緊張，不敢直望他，不敢親近，因此分外記得他汗臭與香菸糅雜的中年男子味。那個荒陋水泥車站，一點不像現在鐵道迷癡戀的日本殖民時代所建造的舊情綿綿小站，鐵軌旁的水稻田裡躺著中央山脈餘脈的矮小山影，或者還有一攤油漬，稻葉黏著粉紅色的福壽螺的卵塊，有時端然清清的一餅月亮，我頭頂上一下子聚蚊成雷。來月台等車的都沒有聲響，收斂手腳，好像等著去投胎轉世。那個遠在扣機手機出現之前的歲月，初夜的灰色慢慢加重而濃稠，空氣如膠，所以時間卻步或緩步，甚至要懷疑它是否迷途了，整個車站恍如時間大冊的一小串虛點……嗚嘔一聲汽笛，車頭一燈破萬暝，列車徐徐進站了。

我也斟了半杯威士忌，搖著酒，紙上列出三個叔叔三個姑姑，等天亮再打一輪查問。S蜷在沙發上睡。

三姑答得乾脆，不知啊，說她趕著出門。

二姑，我可以想見她微笑露牙，輕軟柔馴的說，我是查某兒，嫁出二三十冬，後頭厝代誌無資格過問。啊你何時要請二姑吃喜酒？你做嬰兒時，我照顧有到呢。

三叔家電話一直占線通話中。嘟、嘟聲連綴，我突然被魘住似的無法動彈。直視窗景裡的茄冬與小葉欖仁，一半受陽，一半凝重如油彩。但我身後，屋子微震，彷彿水泥地裂開，一隻眼睛張開，黃寶石的眼珠清澈無雜質。

噢，是三叔講的笑話。已經幾次了，伊在灶腳叫我吃飯，一直叫澤仔澤仔。我一時聽無伊在叫誰，才想到，啊那是你阿公的名。

●

是有過這麼光朗的一日。

父親開藍色小貨車回來那天，早上，三輪車載著廣告看板與放送頭在大街趖，「金枝歌仔戲班來囉，這禮拜六開始在舊戲園登台……」

歌仔戲班來了喔？我阿嬤在灶腳側著頭聽，躊躇一下，問。

幫浦邊的水泥地落下蓮霧樹葉，輕聲一噗。

牆圍那一邊，春郎的阿嬤也聽到廣告，「不知這回演啥？」

「像上次，講是新戲，又是彈雷公，又是落雪，小生梳一粒西裝頭，又不是藝霞歌舞團，小旦披一領大衣若王昭君，哭得無意無思，歹看死了。」

「你昨有聽到莫？那個雷公又在打某，是人不是肉砧呢，那款打法，眞是行逆喔。」

鐵的火鉗伸近灶裡，一捅兩捅，火星碎沫飛出。

阿嬤拿著魚鱗銀的菜刀沿著水缸口磨了一圈，兩圈，我的牙槽生出酸水。

小貨車才在巷子口按喇叭，她要我趕緊去春郎家討九層塔，炒鴨蛋，治骨頭痠。父親還喜歡吃空心菜煮湯，番薯葉。

父親垂著眼睫漱漱喝湯，咀嚼得牽動下頷與脖子，汗濕的，他說，卡桑你還不吃？

「吃飽去睏晝一下稍歇息。」她目睛又大又亮的看父親。

一截材給拖出灶，焦黑的，她用火鉗打了打，上面一段火要弱下去了，金魚背鰭的浪擺。

啊生意是好麼？……你丈人那邊……台灣錢淹腳目，但是人兩腳，錢四腳……

下晡一點，三輪的貨車停在龍眼樹下，父親在房間內睏晝，沒一絲風，廳裡的壁鐘晃它的鐘擺，不知祕在那裡的壁虎嘎嘎的叫了兩聲，整間厝在日頭下淡淡的冒煙。

西照日，竹篙上披的衫褲給曬得酥了，門斗給曬得燒燙，門斗邊一小長塊木板有毛筆寫著「林樹澤」，戶長的名字。

竹籬下，志坤家的白貓鑽出來，牠身軀弓起，一雙凶目，嘴裡叼著軟芶芶像一隻大老鼠的貓崽，跟我對看一下，慢吞吞的又鑽過竹籬。

牠的尾巴柔軟卻若有骨的昂起一擺。

父親醒來，去幫浦那洗了把臉，穿上白襯衫，點根菸，說，卡桑，來去。

開車慢慢些。她說，站在龍眼樹下看父親將車開走，車輪輾碎石嗶嗶剝剝。

她將父親睡過的枕頭布拆下，說，嗯，你老父的油垢味。

她自己身上的衣服有肥皂的清而硬的味道。

我循輪胎輾過的痕跡，走出巷子，走上柏油路，走過舊戲園，路邊曬的甘蔗皮蒸著酸甜味，不小心踏著，轟的大頭金蠅一陣飛起。

我走上戲園口已變成乾硬土丘的防空洞，被日頭刺得目睛睜不開。

我後面看板上的山本五十六，一身白雪雪的軍服，這部電影還是排在下期放映。

大街無人。父親的車當然早就看不見了。

●

客運車裡的柴油味、尿臊味很濃，收音機開得好大聲，尖聒得刺耳朵的賣藥聲一路沒停過；路況也不好，坑坑洞洞讓車子像在踩地雷，我居然還能打瞌睡，似乎聽見，「嬰仔歹育飼，晚時剉青屎哭不煞，阿君仔報你這味，隨呷隨見效，一暝到天光……」

車子終於徹底停了，我額頭在前座一磕，醒了，下車。

正午，店家潑水在柏油路上消暑，反而揚起熱氣和著一片有毒似的黃沙。

鎮上唯一大街，彷彿殯喪的紙紮亭台樓閣，給白熱化的陽火悶燒著。

才不過五分鐘，我全身汗水流得內衣褲全濕，右手額頭搭篷，張望大街上下，很快的認出路來。久違十七年，上次回鄉是爲祖父奔喪。

亭仔腳西照日，我還是覺得陌生。原來，大街被横劈出好幾條巷弄，不少人家的紅磚門廳瓦簷木窗被迫臨街，或者人口外移，任祖屋荒朽，長出茂盛的大叢芒草。小鎮沙漠化指日可待，我想。

新建樓房當然不少，外牆貼著珍珠釉瓷磚，炫光亂射。

鎮民見了我，並沒有多看一眼。上次回來，過大街，差點與一輛腳踏車相撞，車主蓬著灰白的大頭，很不耐煩的斥我一聲。我認出她是我的小學老師，三十歲不到就守寡，常常上課到一半就趴在桌上，好像昏睡。一次大概是月考完，她獎勵我與另一位同學，在星期日帶我們去郊遊。我們在她家的碾米廠等了好久，屋梁上似乎吱吱吱的有老鼠。跟她坐上三輪車，到了鎮外的花圃苗園，又傻傻的待了許久，四周是一大片沒有盡頭的田與天空。我們懊喪得想哭。

走在曾經走過無數遍的大街，那遙遠的懊喪感覺完全回來了。

是那一年，我跟著祖母去看她因心臟病猝死停靈在家的三兄，躺在棺材裡，臉敷粉，唇點胭脂。現在，我無法分辨哪一間是三舅公的家。

鎮中心奠安宮供奉天上聖母，史載建於康熙五十七年，環廟市集在清末就熱鬧非凡。現今卻一攤攤的買賣雙方都是聾啞人士一般，嚼蠟似的吃食著。食肆下癩皮流浪狗同步的啃著。

我口袋裡有小抄，二姑給了我四叔家的住址與方位辨識注解，到了舊戲園，如今荒廢成一大倉庫，屋頂整個坍陷，雜草藤蔓占據，遂成一綠野斜坡——取左邊道路，第二條巷子左彎，前行見一大圳溝，右望一棵榕樹下有土地公廟，廟後曠遠都是雜糧田地，唯見一條可容一輛轎車的泥土路，若聞糞味與狗吠，則巡視田中有人乎，上前請問。

若取右邊大路，當然免我講，是轉舊厝去。

我在舊戲院停佇，那時光黑洞的蠱惑，滿潮瘋狗浪打來。

誠如二姑所描述，只剩正面部分牆柱，像骷髏頭的眼坑與嘴洞。售票口是個僅容一手的弧形，幼時對著它探頭探腦，晚娘售票員捅出一根竹枝，啪打，罵，囝仔走啦。

想必是地主以板模鐵皮爲地界，屋頂陷落彷彿遭殞石或飛碟擊中，全面長著白茅，細看也有野莧菜，絲瓜。

繞行三匝，無枝可依。當年超人逆地球自轉而飛梭令時間倒流，遂得以拯救復活露薏絲。石礫堆裡驚醒的露薏絲懵然不知自己的幸運。

她總是準時日偏西的五點沐浴更衣，熱天時常裸上身出浴室，脊椎駝彎，而彈性疲乏的乳房離離的垂晃到肚腹上，那兩把肌肉一如兩束龍鬚糖或麥芽糖，下墜沉澱的乳峰又像兩個鐘擺搖晃著自走自的，無聲掉落滾在鐘匣一角。

她突然噙笑一揚頭，看啥？

土地公廟懸掛一紅布橫幅，黑字遒勁自成一格，有求必應。我姑且雙手合十誠心一拜。露薏絲。田野的風很涼快。廟旁有一鋁壺奉茶，我也姑且斟一杯喝。

風涼且流量大得如在河床，令人眼迷離的想睡一睡。

平坦泥土路兩旁的田地，種雜糧瓜果的那一塊，我原先以爲是傾倒伏的稻草人，但見她慢慢的人立。

她似笑未笑的從田埂走上，微喘，以前圓周現在略拉長的臉上，氣色出乎我意料的好。

她開口，等你足久。

行，和我來去農場，我看眞久，無錯，按這條路直直行，過一條溪就是，那溪水以前清清，蜊仔一摸就一畚箕，後背一片甘蔗園。

行，和我來，無遠啦，散一下步就到。

她腳上趿著男人拖鞋，大拇指呈九十度的外翻，像特技表演，腳底周緣如醃粗鹽的一層繭白。

你敢是住四叔那？爲什麼找你無？電話也不接，還是你袚在哪？

免問，一個人較自在，兒孫都是相欠債。緊行，等一下天就暗囉。緊來去。

——留給他的時間，勉強夠他走到墓地。——如果沒有會錯意，我祖父生前常勸說子孫後輩要較勉強，日語用功努力意思。

你中晝吃啥？有吃無？我又問。

彩蓮的孫開餅店，行過時我十塊銀買一塊餅，彩蓮孫叫我姑婆，要請我，我十塊銀角放下，我還有志氣，不好給小輩看衰。西門剩阿豐尪某，你要叫阿舅，我轉去坐一下晡，看著眞傷心，你想看，以前厝內九個兄嫂跟你阿祖，鬧熱滾滾，還有長工嫺婢，逐個逐個都去蘇州賣鴨蛋。有時就坐籐椅那寐一睏，夢見我還是做查某囝仔，雞公在啼，眞好聽。六兄一世人愛種花，一間蘭房種得滿滿是，有一盆是伊朋友特別送的，講是深山林內挖的，花蕊白得若雪，大得若嬰仔的頭，而且會牽絲，晚時會光。六兄叫我第一個去看，仙仔仙仔緊來。

那天眞熱，舊曆七月，日頭火燒埔。大家無閒一日了，我才洗身軀隨又是大粒汗小粒汗，但是六兄在蘭房，遠看一個影，向我搖手，微微笑，緊來看，花開啊。阿母也在房間內叫我，仙仔。我一時不知會應那一個，一手扶門斗，一手捏手絹。仙仔。

整壁天空垂立如鏡，天頂泛起水晶藍，她走得飄飄然。

這一帶都是水田，稻作五分熟，野風長長撲來，捲起稻浪青綠，露出稻子下的天光水色，一閃，無限悠遠，彷彿太古。

她向前一指，有聽見無，在叫我。

空明中，只見右下角一晃，一隻出土的銀簪子，是還很朦朧的弦月。

像乘一波大風助力往前托送，她一下離我很遠。

我心慌意亂逆風喊，阿嬷，等一下啦。

逆風急速凍結時空，清而透，堅且有冰的裂紋，我與她，化石其中的兩尾蝦米。

●

在柴油味、尿臊與收音機尖聒刺肉的賣藥聲中，我一路打瞌睡，終於聽到戴墨鏡司機喝著，終站，落車喔。

七月半的故鄉，上次回來是十七年前爲祖父奔喪，橫亙東西的大街都是店家，甚至有H牌G牌成衣與一家速食連鎖店，街上往來行人一如水族箱的游魚。

近北回歸線的陽光很烈，家家戶戶門口擺供桌，全雞豬肉瓜果糕餅罐頭洋酒，一塑膠臉盆盛水掛條毛巾，半空浮著燒金紙的灰燼與餘溫，稍晚，整條街整個鎮一地的黑金紅火，鬼靈鬼氣的呼熾，酒一灑潑，薰得人人面紅耳赤。

車站西行約一分鐘，對面便是我祖母娘家。朽爛得好像聞見霉味的大門鎖著，其上的春聯殘蝕只剩下半截。在四周樓房包抄下，簡直是一座聊齋大墳。

我必須返身向東。家人習慣稱祖母娘家西門，應是鎮上先民以方位名地域。日後我第一次在《水滸》讀到西門慶，窘得發笑。

舊厝在東光里。由東徂西，戲院棉被店農具行五金行病院西藥房米店，清末就有了的媽祖宮口市集，電氣行鐘錶店木屐鞋店書店攝相館理髮店冰店餅店。

來去西門一趟，今日你查甫祖做忌。來去西門，六兄今日生日。一條路，溯迴往返，天上有星相隨。

我終於跟三叔搭上線。他答，四個月前我開車送伊去老小那。

所以，四叔語調鏗鏘，半年後才再輪到我，這簡單的數學干得我教？

我耐著性子追問，送伊去哪？

無啊，無人送，伊自己叫志雄叫一台車，就走啦。彼天我去送貨，熱得要爆耙，吃晚頓無看著人影，房間內收拾得光溜溜，一襲衫洗好吊在浴間，驚我一跳。

一襲衫，吊在浴間，隨透入的風晃啊晃，驚一跳，像吊一個人。

最後跟二姑聊，她似乎在電話那端執拂塵打手印，輕慢軟的說，奇怪連續兩三暝夢到你阿公，在舊厝，我歡喜呀叫阿爸，不睬我，又擋著不給我入門。

我搦住這一條線索，決定回舊厝一趟。

她曾經跟我講古，土地當年向鎮公所打契約租的，眞可能你阿祖那時就開始，幾次的改朝換代，未得買起，實在是窮得眞可憐。

那麼，是租五十年還是九十九年？

那年，你考得大學，公所來討土地，你三姑丈的姊夫正好在起一批新厝，你阿公和我參詳，就用那筆退休金去買一間。尙可惜那頂眠床，睏五六十冬，搬不入新厝，只好賣給古物商，賣兩千塊，唉。

夏天午後西北雨，夾著雷電，天地銀亮一顫，一條白燦燦珊瑚枝倒逆一戳。暴雨驟來速去，門口埕積水，一片水銀漫漶到龍眼樹下。空氣新著才燒的氮，甜而醒腦，龍眼樹大顆大顆晶瑩寶石滴水，鬱綠著，洗過的天空那麼青那麼輕。積水大鏡虛幻並重疊擴大了舊厝，至今仍讓我癡心移情那是個傳奇的巨大莊園。

摺了紙船，下水航行，滿心期望眞的通往海洋。

屋裡電唱機一遍遍放著〈彩虹曲〉，〈愛你在心口難開〉，或者小喇叭吹奏的〈慕情〉。四嬸則帶來了紫蘭的〈尋夢園〉與謝雷的〈阿蘭娜〉、〈梨山癡情花〉。

慢慢行，不急。舊戲院廢塌成一片瓦礫石材堆，電光石火驚竄出蚱蜢或麻雀。記得向右行，戲院圍牆下鋪曬著甘蔗皮，怎會堆那麼厚，蒸起甜餿味，綠金大頭蒼蠅轟的飛起像一朵烏雲。一年裡有幾次，坦克車陣空空隆隆的開過，在柏油路面深深烙下履帶的印子，我們在路邊好興奮揮手大叫阿兵哥。馬路另一邊的紅磚牆給白漆刷出一個個大圓，上書藍色顏體字，三民主義統一中國。

八股教條盡處，一條巷子，巷口立著髹過瀝青的電線杆，大熱天，汗著黑油，天荒地老的豎著。

巷子裡會有一條黑油驃悍土狗給熱得吐著吊死鬼般粉紅舌頭，施施然而來。扶桑花大朵大朵怒放，涎著長長花蕊，開過一個又一個夏天。曾經。

日頭將空氣煮成一鋁鍋的沸水。

那些我以爲永遠無窮盡的夏天。

她學給我聽，她六兄的女兒講，阿姑你知，我歐多桑最清潔性，一定逐天洗身軀，今嘛頹得連放屎也不曉，跟植物人同款。那天燒熱，我就趁中晝放一浴盆的水，給伊浸了去，若給紅嬰仔洗身軀，我歐多桑眞歡喜，目睛仁轉啊轉，一身人剩骨頭枝浮啊浮，我一時手無力，伊就險險翻過，眞像一隻龜喔，自己老父，雖然歡喜伊吃到九十外，但是變做這款，我是一邊給伊洗一邊目屎漣漣流。

赤豔焰的太陽下，時間的龜行。

像個笨頭笨腦的賊，我在巷口朝巷子一探首。

有那麼一剎那，我以爲聽到了黑洞似的舊厝屋裡，踏踩裁縫車那充實的噠噠聲。烈日裡落冰雹。

然而，眼前一條大路，筆直的拓向遠方，一如機場的跑道，焚風劈來燒爛衣衫鬚眉毛髮。

紫外線想必旺盛達危險級，殺無赦光波中，不見塵埃，不見人影或獸跡，只有這條我從不認識的道路，直直的往前去，連接上西濱快速道路，再接省道、國道系統，再接……，四通八達一如不斷編織擴大的蜘蛛網，而形似蝴蝶結的交流道，斜坡植著焦掉的羊蹄甲，掛著塑膠袋……，而引擎與輪胎，一如神話裡的翅膀，將加速到某個階段時，呼的升空……，那時，下望這浮現的番薯島，我知道，她就在那裡，回到她的最初。

〈附錄一〉

空雷

熱死人噢。

日頭，突然藏到一團烏雲後面，天頂，一口倒扣的大鼎，大灶的火很旺很旺，熱氣就在鼎裡乾燒。阿嬤倒了一手的痱子粉，伸進衫裡抓起布袋奶抹，另一手搖著葵扇嘖嘖喊，夭壽，已經兩個月了，再不落此雨，眞正要熱死人。

厝瓦上罩了一層白鐵皮，日頭在上面嗶嗶剝剝。厝頂的另一角，四叔養的粉鳥一隻一隻在籠裡曬昏了。

撐開翅裙的鐮刀手大螳螂從草叢蹦彈出，噗的一道綠光。

隱隱的有小小的雷，遠遠的好像給一隻大手悶著，指縫洩射出白光。

烏雲飄遠了，成了天邊一塊瘀血。

蹲得太久，我學螃蟹橫移了兩步，腳掌突然像爬滿了一巢的螞蟻，一歪，跌坐地上。

我哀叫，屘姑——。

屘姑不動，在日頭下就變紅色的頭毛燒了起來。伊站得挺直，頭頂天，望著鐵支路後面的大瓦厝。伊這樣站著大概有一點鐘久。

隨著熱氣在半空蒸滾的有草屑土粉，一粒一粒給日頭點成金粉。

廢棄的鐵支路，枕木與鐵軌是醃橄欖的漬黃，尿臊味很重。古早是糖廠火車在運甘蔗。阿嬤講古，鎮上有一對結拜兄弟同時意愛著一個查某，三更半暝遂來相殺，第二天透早罩茫霧，鐵支路上血流血滴，跟著血跡行，四根手指頭掉在碎石子裡，還有一隻柴屐；一股腥涼吹來，鐵支上橫倒著一個人，腹肚插入一隻武士刀，刀尖自後背穿出凝著露水，身邊一窪銀光血凍，浸著另外一隻柴屐。

茫霧拂面，變做濕糊的淚，第一班火車從霧中開來了，四界看無人影，火車遙遙的嗚嗚叫像餓鬼。

停駛之後，鐵支路鏽黃著仍然日頭下游向鎮外，兩旁漫生紫蘇與姑婆芋，像海湧；快到圳溝與省道的交界處，轉彎向北邊，一大片比人高的菅芒，一排挺得極高帶刺的黑樹，早時跟黃昏一大群雀鳥驚噪飛起，被旋風颳起的枯葉一般，在空中打圓圈。下面就是墓埔，有一種刺人的草藤一捆一捆的勒著一窟一窟的墓，這年清明剷掉，明年又生。出殯的西索米跟五子哭墓到此就休息了。

四嬸騎鐵馬買菜回來，一入灶腳就尖聲跟阿嬤講，外面在傳呢，小姑跟卓家細漢後生在鐵支路踅一下午，草叢鑽入鑽出呢——

阿嬤手中厚背菜刀往砧板一扔，頭也不轉，厲聲，人講一句就聽一句，聽得了？晚上放下布幔在眠床，阿嬤將四嬸的話講一遍給阿公聽。背後，阿嬤總是先哼一聲，叫生做馬面長下頦的四嬸，那個煎匙。阿公側枕著頭，定定不出聲。阿嬤拍了下阿公肩頭，喂我講話你有在聽無？

屘姑在天主堂幼稚園帶小孩，星期一三五或一五晚上到媽祖宮邊的二樓舞蹈社學芭蕾舞，行過一樓大海星餐廳，那個豬哥師傅用鐵勺敲鼎，口哨吹得響亮，爐火轟轟燒。屘姑頭髮電得大捲大捲，穿紅短裙，鞋帶纏到小腿的紅涼鞋，鐵馬騎得像飛，街路噴過一朵燄火。阿嬤罵伊，野馬帶桃花。伊轉身面壁，用髮夾在白石灰壁上勻勒出一仙大眼閃著鑽石光輝、雞心臉公主裝美少女。

熱天晚上的里民大會在姨婆家舉行，巷口沖天的玉蘭花香得人頭殼發脹。門口埕四角邊牽起一百燭電火球，照得人人頭額冒汗。摸彩進行中，屘姑第一次出來唱〈情人的黃襯衫〉，第二次跳了段《天鵝湖》。誰人用葵扇打蚊子，撥盪了電火球，一片光移山倒海潑出去，屘姑油汪汪的鼻眼與突然長大的影子跳上厝頂，飛到天上。

我的他穿著一件黃顏色的襯衫，黃襯衫在他身上更顯得溫柔大方，我的他玲瓏可愛，又加上端莊可愛，啊，我心中的太陽，也是我心中的月亮……

有人摸摸我的頭，我抬臉，他跟我皺鼻子。我叫，阿舅。他穿一領黃衫。他蹲下來，要我去跟屘姑講，他在玉蘭花樹下等伊。

放送頭裡大金牙里長宣布，頭獎是大同電扇，二獎是熱水罐，好酒沉甕底，人若不在現場，就是抽著嘛不準算喔。

兩旁是扶桑的碎石路軋軋軋的輾著來來去去的鐵馬。晚時的扶桑噴出臭味。

玉蘭花樹旁邊是更高大古老的蓮霧樹，一簇簇的白花吐出粉濕長蕊，暗暝裡放著淡淡暈光。沒看到屘姑與阿舅，兩棵大樹樹頂無風卻自己搖晃著，玉蘭花與幼小蓮霧紛紛掉落，被踩爛化入土裡，香氣煙霧開來。

那蠟亮的小蓮霧，門牙啃下去，又酸又澀。

有一蕊玉蘭花落在我頭頂，我以爲是鳥屎。好像聽到屘姑嘻的一聲笑。我舉頭望。屘姑！——我搗著腹肚又叫，我要轉去了。

一大滴雨落入我嘴裡，噠的打在嘴舌。

噠噠噠，地上，機關槍掃射那般，一個一個五角大小的燙疤。

沙沙瀝瀝的西北雨沿著鐵支路掃過來，吹起一陣綠霧，罩著大瓦厝。

阿嬷講，阿公熟識過一個唐山阿伯，早前在廣州跟七舅公做生意，穿西米路白皮鞋掛墨鏡，冬天下晡，雙腳凍得像浸在古井水，雞仔窩在竹籠裡吱吱吱圍著一葩電火，唐山阿伯問，半暝卓家大厝前哪會有小火車吐黑煙在跑？火車頭像一間厝，透出熔熔火光，踩著嗄龜那樣的節奏。車裡滿滿的人影。阿嬷講，看見鬼，驚死人，火車早就廢掉了。

雨打在頭殼頂，嗟，嗟。

一陣雨若一畚箕的土豆往屘姑身上撒，伊胸坎挺起，前面尖尖的，向前行兩步，站到鐵支路上，腥涼的綠霧像小火車吐黑煙，將伊的紅裙吹高。

斜坡冒出一個脖子額頭貼膏藥的查某囝仔，紅色拖鞋啪啪啪，走到屘姑前，很不耐煩的大聲叫，我阿叔叫你緊轉去你厝，莫在這糊糊纏啦。講完回頭衝回去。

隱隱的又有小小的雷，遠遠的給一隻大手悶著。

日頭跳出，雨突然停了。鐵支路靠圳溝那光嗆一閃。

我張嘴瞇眼，好像什麼都沒發生過。

屘姑回頭，面色煞白。

剛才的西北雨落在厝頂，阿嬷大概聽不出來，葵扇啪啪打胸坎又打背，在綠豆殼枕頭上轉個頭，雜唸，你阿公，老斬頭，電扇也不甘買一支，嘖嘖，夭壽熱。

屘姑牽我的手，我們慢慢走回家，天頂先是漾著水紅色，燒金紙一樣，很快燒過了，就變成灰。

門口埕的牆圍下，雞冠花跟喇叭花開得盛大，一瓣瓣的堅硬。

阿嬤目睛大大蕊立在大廳門口，我們進屋，突然我被大力的往後拉，昏暗中一隻竹篙劈往屘姑身上。啪。

屘姑悶不出聲逃到床上，拉被單蓋著全身軀。阿嬤奮力打，竹篙綻裂，照打，半空飛著竹膜與碎屑。好像曬棉被時打棉被那款。

削氏削種，大面神到這款，去人家大門口做孝女是麼？還是你腹肚已經有種？老父老母的面子你有帶念的沒？不講是麼？我就打到你開金嘴。

啵啵啵。阿嬤一句一棍，打得滿面紅光，目睛都直了，瘋狗目那樣晶亮。

啵啵啵。阿嬤打得起喘。我兩腳起顫，彎頭，竹膜跟碎屑在半空飛，阿公不知何時轉來，一手扶著門框，靜靜看著。

吃晚頓時，才一開電火，沒多久，叮叮叮的黃燈泡撞著大水蟻，瞬間一房間長出影子翅膀，大水蟻與濕氣瘋狂的湧進，憨憨的如同醉酒的到處飛撞，紗窗也爬滿一團蟲霧。翅膀比蟲身還大，搧動影子罩住我的臉。我仰頭看得頭暈。

阿嬤喊，夭壽，厝頂要給扛去了呀。

屘姑的頭髮也棲滿了大水蟻，翅膀呼吸的搧著。伊癡癡看著撞電火球的大水蟻，不管嘴角有一隻將將要鑽進伊嘴裡。

我們放下碗筷，阿嬤拿桌罩蓋住飯菜。我跟屘姑四叔四嬸輪流捧著面桶，桶裡盛水，站椅凳上端在電火球下，那些憨大呆水蟻櫻花似的落水。阿嬤講，牠們是從墓埔飛出的，土味很重。

是自卓家鐵支路過去的墓埔？

屘姑捧著面桶，遮住上半面容，嘴在陰影裡細聲講，電火掣熄啦。

不知道是不是光跟影的戲弄，屘姑的腳腿在顫。

電火掣熄啦。

等到面桶覆滿了蟻屍，像舌苔，一隻隻還在泅，屘姑端著走出去，往外一潑。

天邊，無聲閃過一道青白電光。

〈附錄二〉

漁父

父親回來了。

月初的時候，阿嬤在灶腳，掀開米缸蓋，右手垂探到了缸底，要囥姑明早記得經過大街順便糴米。

阿嬤拿著魚鱗銀的菜刀沿著水缸口磨了一圈，兩圈，我的牙槽生出酸水，她抿抿薄嘴唇，跟我講，你老父要轉來。

一片蓮霧樹葉膠厚的啪噠掉在幫浦邊水濕的地上。牆圍上，志坤家的白貓躺著，目睛在天光裡睜不開。

父親回來的那個禮拜日下晝，帶我去溪邊釣魚。

禮拜六欲晚，父親騎著跟酒鬼朝富借的歐都拜（摩托車）入門，停在門口埕，叫一聲，卡桑。蹲下去檢查油箱下的機械零件。

阿嬤扶著大廳門框瞪大眼睛，突然拍打我頭頂，跟你講過多少遍，戶墰（門檻）有神，不得騎在上頭，講不聽。

父親看我一眼。他跟阿嬤都有晶又利的大目睛。

牆圍下，大大蕊的喇叭花雞冠花有些要睡覺的意思。

到晚上，阿嬤放下蚊罩，葵扇拍大腿，罵，夭壽朝富，又借歐都拜給大頭，上次兩人險險撞死，還不知教訓，還不驚，我一看大頭騎那台車入來，心肝肉就跳到喉嚨口，你做人老父苦勸伊莫騎啊。

阿公在綠豆殼枕頭上轉個頭，給煙熏黃的手指擦擦目尾，嗯一聲。

阿嬤講的上次，父親十九歲，彼日，父親才學會騎歐都拜，跟朝富相載噗噗噗騎過大街，走去省公路，路闊，愈騎速度愈快，父親才稍回頭跟朝富講一句話，自虎尾開來的軍用卡車就出現，喇叭聲像彈雷公，魂魄都給轟出去，父親著一大驚，腳底一滑，腳擋（腳刹車）踏無著，那一兩秒鐘內究竟發生什麼事，太快了，記不清，父親只記得倒在柏油路上，看見天頂清青，歐都拜插入卡車底。酒鬼朝富站在路邊的田裡，嘴開開。

父親倒在眠床上將近一個月，嘴齒斷了兩支。以後天一烏陰，腰骨就疼。

阿公的朋友，西裝頭抹厚厚一層油像淋蜜的唐山阿伯會算命，鼻孔嗯一長聲，壞九，劫數難逃，好家在只是血光之災。

有多久沒見到父親？他上次回來，借我那枝總是插在白襯衫口袋的派克鋼筆寫字，藍墨水在作業簿上淹散，一頁幾排字都變成了毛毛蟲。父親寫的字，非常美。

他睡午覺，雙腳伸直直，雙手握著放在腹肚上，頭端正的放在枕頭上。睡得很熟，日頭金黃曬在腳底，一隻胡蠅飛在腳趾頭上旋了幾圈，搓搓黑細的針腳，決定停下吸汗。

喔喔喔，雞在啼。我回頭偷偷看他，胸坎有時沒動靜，整軀人無聲無息，我放下鋼筆，躡腳去探他有沒有呼吸。人中的鬍鬚，一根根極短的，好像發芽的抽長。

聞到了，父親蒸起一陣熟熟的汗水味。

金黃日頭裡浮著土粉跟青煙。

他突然睜眼。我在那目睛仁裡縮得很小很小，像那隻胡蠅。

那次，父親是陪母親回來給憨姑婆拈香。

憨姑婆失蹤了四個多月。憨姑婆出世時發燒，頭殼燒壞。我跟母親才行過鐵支路，伊就哩哩笑出一隻金嘴齒，大聲譁，燕子轉來啊。母親也笑，叫伊三姑。伊兩隻大腳蹼蹼走來抱我，整身軀是太陽的燒味與鹹菜乾的臭味。割稻的熱天日時，厝裡無人，伊拿著畚箕沿著鐵支路撿稻子，公路局票亭的逢春仔最後看到伊一直行，接上省公路，路邊是大圳溝，赤炎炎日頭下一直行。找了四個月，在過濁水溪的鎮公所認得一塊伊的衫布，早就被當作無名屍葬了。公所的人講，應該是趴下去喝圳溝水，倒頭栽落水淹死，等幾個禮拜無人來認可憐喔。五個伯公叔公去墓埔找一下晝，直到天邊芽紅，茫茫一片，風一陣一陣吹，清涼的鑽入褲底，大橋下溪水金熾熾，白翎鷥一大陣。幾個阿舅同齊喊，三姑出來喔，天就要暗囉，我們要轉去啊！三姑啊！五叔公吐一口氣坐下，腳邊一塊墓碑，就是憨姑婆的墓。

我攬著父親的腰，歐都拜出扶桑花開著的巷子，走上公路，經過大姨婆的果子園與水廠，路邊一叢一叢大樹，乾裂的樹皮縫裡有蟬衪著。幾乎每個禮拜有一天，去學校的路上，樹上會掛一隻死貓，草繩穿了幾張金紙纏在項頸，貓睡去那樣，扁圓的頭瞇目露出白色尖牙，迎風盪呀盪。

父親養過一隻狼狗庫洛，欲晚時訓練牠跟著歐都拜在公路走半點鐘久，腳蹄達達抓著落葉碎石，走一遭後，毛皮黑金，嘴舌紅若紅龜粿。

阿嬤還時常撿起來唸，做了將近十領美衫包一包袱，父親綁在後座，半路飛走。阿嬤才直通通一條路，也不會回頭去找，一包衫好好，又不是山伯英台會變蝴蝶飛走。阿嬤疼惜的講。

順著大溝到底，就是溪。只有父親跟我，我頭纍纍，鼻孔都是他髮蠟的味。

更早一次父親回來是在五日節，一早落雨，我跟志坤去挽竹葉，竹林裡透大風，四周圍嘎嘎嘎嘎，沙啦沙啦，淋過雨的竹子滑溜溜，半粒日頭在烏雲裡像鹹鴨蛋仁，每一片竹葉碧清清的搖動。

父親坐在溪邊，釣竿伸到溪中心，他抽菸，一蓬煙飄在頭頂。

溪水淥淥淥，正當少年的父親，頭毛烏金，兩隻腳分得很開，肩胛背弓著，拉起了釣竿，釣線像蜘蛛絲。

才過中晝，溪邊的泥土給牛車輾出兩條坑洞，我一腳步一腳步的踏，日頭嗡嗡的曬著，牛屎味很重。天頂，闊得無邊無沿。

我跟阿嬷去大街三舅公的診所。門口用竹篙搭起布篷，師公叮叮噹噹唸經，白蠟燭白菊花跟果子疊高高。厝內暗靜，阿嬷腳步輕輕偎近，啞聲叫，三兄。晚時在眠床上才跟阿公講，三兄死了好看，妝得像戲台上的小生。

我回頭，風聲水響牛屎味，釣線蜘蛛絲在空中畫一大圈。聽講唐山阿伯曾經指著父親釣的一簍魚，魚鰓還在哈哈的喘，講這是殺生，不好咧。

父親明日一早就要走了。巷子的碎石子被他的皮鞋踏著沙沙響。

日頭若才剝開的蛋清，阿嬷洗好衫褲掛在竹篙上滴水，大廳的壁鐘鐘擺梭梭的晃，正點時噹噹的報響，好像有一巢的蜂會飛出叮人。

那麼，父親下一次回來是哪時？

我躡腳尾，探頭看倒在棺材裡的三舅公，穿長衫，戴帽子，面抹粉，棺材上蓋一層像紗罩。睡得很熟，頭端正的放在枕頭上，雙手握著放在腹肚上。阿嬷拿著手巾牽著我行過媽祖宮，宮口賣風車的紅藍紫綠黃橘一排速速轉，風透入嘴裡很甘甜。

我回頭，彼日的父親，天藍草綠中猶如一尊才完成的塑像，泥土還是濕的。草尾，樹葉尖，無止盡的粼粼的顫動。

彼日，日頭一直在天空中央，光圓流金，似乎風大得將一切繃得很緊，一切也好像麥芽糖煬漿畫的糖人，流轉的時辰就凝固在那一層金黃裡。

〈附錄三〉

悲戀的公路

歌仔戲班又來了。

三輪車載著廣告看板與放送頭在大街趖，「金枝歌仔戲班來囉，這禮拜六開始在舊戲園登台……」

歌仔戲班來了喔？阿嬤在灶腳側著頭聽，躊躇一下，問。

三輪車在鎮上唯一的大街趖。大街兩頭接著省道公路，每年有一兩次，坦克車在早上轟轟轟的開過，柏油路給輾出履帶的深印。我們將那條祕在大石頭下的臭青母用竹枝挑起，擲到路中，看牠被輾成長長薄薄一條。

踏三輪車的阿輝，是阿嬤後頭厝隔壁福嬸後生，不時喝得一張臉像豬肝。阿嬤背後叫他羅漢腳，無定性。落大雨晚暝，他穿雨衫戴草笠來載二姑跟姑丈，雨篷放落，三輪車裡是塑膠跟油味，大雨一粒粒逗逗逗的打著雨篷。過年前阿輝娶了，阿公跟我去吃喜酒，圓桌腳的臭水溝鋪柴板，菜上得很慢，連續兩支黑松汽水破罐，砰，砰，好可惜。阿嬤問喜酒辦得啥款？阿公晃頭，「可憐啦，大家瓜子嗑得一粒無剩，汽水灌得打嗝，還不上菜，水溝又臭，清風那支壞嘴就刮削，新郎倌是欠辦桌的還是總鋪師嫌工錢少？一世人才娶一次媳婦，辦得離離落落。」

阿嬤找著機會又講了，當年去跟你老母下定，紅糖幾十斤，白糖幾十斤，糯米幾十斗，紅龜粿、大餅各上百個，請幾台三輪車載去，「滿滿載去，空空車轉來，原本按算你外公外嬤會意思意思只收一半，這下壞了，那糖跟米是向你八舅公借的，這聲要怎樣解釋？你老母講伊阿嬤也就是你那個無牙外祖，逢人就講講一年，吃你老母的喜餅吃得有夠歡喜。當然歡喜囉，也要孫婿有那個才情。」

大街的另一頭是外公外嬤家，接上另一條省道，父親就是從這裡去了台中、台北，兩旁的樹有半截漆了白漆。打開公路局班車的窗子，綠色的強風灌進來，撲著目睛。電影裡總是車離站駛上公路了，男主角或女主角才來追，看著車走遠遠像鐵盒子。

歌仔戲班又來了。我阿嬤在灶腳問牆圍那一邊春郎的阿嬤，「不知這回演啥？」「像上次，講是新戲，又是彈雷公，又是落雪，小生梳一粒西裝頭，又不是藝霞歌舞團，小旦披一領大衣若王昭君，哭得無意無思，歹看死了。」

白紙剪碎碎的雪，有人祕在舞台邊撒，用一支大電風扇向上吹；小旦披著閃紫光的大衣，項領一匝白毛，抱著一個假嬰仔跪著，哭著叫，「相公！」小生若酒醉，伸出兩隻手一直顫，倒退離開。「相公！」最後的悽慘叫聲，好大好大的雪，一束紅光照在舞台中央，北風呼呼的號。有幾片落到我頭額上，我突然感覺寒。紅光裡，大雪橫著飛，「相公！」嗩吶尖叫。

歌仔戲班來時，日頭一過中晝不幾時就轉黃，腳手乾索索，志坤家還是在門口埕放一鉛桶的古井水曬燒，像蓬紗的雞冠花也都結籽了。

戲園牆圍外聽得到裡面的雷電霹靂，路邊曬的甘蔗皮蒸著酸甜味，不小心踏著，轟的大頭金蠅一陣飛起。「不知道是早晨，不知道是黃昏，看不到天上的月，見不到街邊的燈，黑漆漆昏沉沉，你讓我在這裡癡癡的等。」下晡兩三點，戲園內在唱歌，慢慢唱，聲音黏黏像糯米，大路無人影。

春郎阿嬤講：「眞正雷公在我厝隔壁，眞奇哩，打某那麼殺辣的人，那麼愛看戲，戲園內看不夠，戲班下晡出來吃點心，他也跟著吃，逐個和人開講，嘴笑目笑。再多開講幾次，我看他會打金牌送那些作戲仔。」

隔著公路與我外公外嬤厝面對面的天主堂馬神父，歌仔戲班來時，在暗暝騎鐵馬來到春郎家，電火掣熄，在客廳壁上放相片，機器有一個轉盤，每放一張就喀噠轉一格。在馬槽出世全身發光的紅嬰耶穌，星星大得若鑽石的藍色天頂，留大鬍鬚的三博士，穿「桑達路」穿裙凶霸霸的羅馬武士，跟十三個門徒穿長袍吃晚頓的耶穌，瘦巴巴扛十字架的耶穌，在雲頂金黃色大鬍鬚的耶穌，胸坎中央紅色發光的心。聖母瑪麗亞，阿嬤講那隻鼻眞挺眞美。

馬神父美國人，好大的手好多毛，嘴齒很白，厝姑講他早頓都是喝牛奶吃麵包抹牛油。阿嬤初次見著馬神父，知道他來台灣將近二十冬，問干有娶某？哎喲見笑死喔，阿嬤講起來就掩嘴。那幾年的十一月，總有一暝她換穿長杉，坐厝姑鐵馬後座給載去天主堂揀救世軍分送的衫褲，聽講是坐船自美國來的。她將大衣鋪開在眠床上，手指長長翻過來翻過去，聲音低低不像是講給我聽，她做姑娘時，六兄去台中裁一塊絲絨給我做長衫，六嫂問多少錢，呵，足足可以買一牛車稻子，今日遂得來揀阿凸仔不愛的舊衫。

舊年聖誕節，天主堂前後大門都打開，草地上擺五顏六色的塑膠椅，幼稚園教室的桌子抬出，桌腳綁汽球，桌上插紙風車，整叢鳳凰樹纏縐紋紙，樹下黑布圍成一個台子演美國傀儡戲，黑布裡的人一開嘴講耶穌愛你，大家就知道是馬神父，咯咯笑。教堂外一排柏樹，樹下一盆盆聖誕紅。鞦韆那裡靠著一台鐵馬，前輪比我還高，蹲著看它銀光閃閃的車鏈，感覺自己若鐵籠裡的鳥。穿黑衫黑褲黑皮鞋的馬神父騎著這台怪鐵馬上大街，巨人進城，頭額快觸到厝簷，沿街路人人舉頭看，馬神父揮手，「歡迎全家大小來天主堂迌迌。」清風大聲問：「馬神父要幫你放炮麼？」

上次放相片，馬神父還放了阿波羅十三號太空船登上月娘，一客廳的人啊的叫出聲。春郎阿嬤跟馬神父在門口埕開講，兩個黑影，竹篙上的菜瓜藤爬得比他高。

歌仔戲班來時，露水開始重了。《獨臂刀王》演將近一個月，王羽被師妹斬斷正手，自橋上昏倒落下正好駛過的船上，那是落雪的晚暝，舞台邊便所溢出臭尿臊，王羽的刀跟壞人的劍相碰，鏗一聲，有人手賤掀開窗帘，光頭白日若吐劍光殺入來。雪一片一片靜靜的落。我較喜歡穿一身軀白叫銀鵰的王羽，但阿嬤嫌他查甫人嘴小唇薄不好看。日頭落山天邊泛紅，我就想到《大刺客》最後他切開腹肚。戲園裡的電風扇呼呼的吹，白衫目睛一瞪或是女俠黑蝴蝶跳上厝頂打出飛鏢，椅下從後面流來一道尿水，若一條蛇往前流。

四叔有時會買《南國電影》，我看不懂的字就去問屘姑，或是她教我查字典。樂，蒂，邢，慧，岳，華，井，莉，凌，雲，秦，萍，楊，帆，趙，雷，焦，姣。

那天，父親開著公司的小貨車轉來，下晡一點，藍色的貨車停在龍眼樹下，父親在房間內睏晝，沒一絲風，廳裡的壁鐘晃它的鐘擺，不知祕在那裡的壁虎嘎嘎的叫了兩聲，整間厝在日頭下淡淡的冒煙，就像父親抽菸。

小貨車才在巷子口按喇叭，阿嬤要我趕緊去春郎家討九層塔，炒鴨蛋，治骨頭痠。父親還喜歡吃空心菜煮湯，番薯葉。他漱漱喝湯，問，舊戲園前停一台拖拉庫，干是歌仔戲班來？

近前，志坤家的白貓跑到草菇寮生貓兒，被發現了，一雙凶目嘴裡叼著軟芍芍像一隻大老鼠鑽過竹籬往春郎家去，正中晝靜寂寂，牠跟我對看，身軀弓起。我捧著飯一邊吃一邊問，阿嬤講，不好吵到貓母，牠若是驚著就叼著貓兒移位，萬一貓兒過著人味，一不小心會被貓母咬死。「你一頓飯吃一點鐘久，捧著厝裡厝外四界行，你是想要做乞食？」天氣熱我沒胃口，阿公是這樣講，「你是要做仙呵？」

我捧著碗箸，行到巷子口，扶桑花的蕊鬚若狗熱得流出嘴瀾。扒一嘴飯，兩粒飯粒落下，隨即一隊螞蟻來扛，腳手非常流利。我跟著到蓮霧樹下，更大一陣總共四隊在扛一隻死金龜子。樹蔭裡都是螞蟻無聲的沙沙沙沙，碰頭，傳送信號，歡喜的一隻講給一隻聽。來到洞口，才發現金龜子太大了，轟的直線隊伍亂掉，一大陣變成漩渦，圍著金龜子轉，無聲的哄哄哄哄，講不出的急。

整條巷子空空，然後，略略聽到朝宗老父在調收音機，嘰嘔、嘰嘔沙沙沙。在那個聲音尖得像剃刀的播音員出來之前，蓮霧樹後面是穿柴屐喀噠喀噠，我提心吊膽希望不要像那次拿塑膠管刣他的某明霞，咻，咻，咻，陳雷公的手指頭上晃著一塊碧玉。

春郎阿嬤在牆圍那邊講：「脫赤腳走來找我，雖然講尪某事管不了，我總不能見死不救。平常時大家笑伊腳腿若象腿，我幫伊糊藥，衫一掀開，眞正是雷公點心，背後一片烏青瘀血，較軟弱的早就死死昏昏去了。抹藥時，伊牙齒根咬著，哼一聲都無，個性眞硬。」

金燕子鄭佩佩，兩手兩隻短劍，被攻擊時總是兩腳不丁不八，一側身，短劍一刺。

歌仔戲班每次來，阿嬤總是趁機會講古。舊戲園那片地古早時原本是她秀才老父的，舊名竹塘，一大片刺竹林，一口水塘，有一年熱天落西北雨，雨停了後許阿醜的孤女兒為了撿一粒球遂淹死在水塘，無一人聽著譁救，眞正是給鬼拖去。戲園初初時用竹棚圍起，暗暝得點菜油燈。你阿祖少年時愛看戲，我六嫂那時還是媳婦仔也愛看，兩人作夥去偷看，不敢給你查甫阿祖知。

歌仔戲班登台，肉圓擔跟賣米苔目冬瓜茶碗粿仙草賣細羮的都來在戲園口。作戲的下晡休息時，戲服一脫，只剩內衫褲，面抹胭脂若壽桃，鼻子兩側抹黑，小腿跟腳盤被蚊子叮得一粒粒紅豆，一排屈在戲園門口捧著碗大嘴小嘴。日頭黃黃，曬得下期放映《山本五十六》的看板發出油彩的臭味。賣冰的叮鈴叮鈴搖鈴，吃剩的糖水給潑在地上。

戲園包鐵皮的排門一片片暫時拆落，裡面一排排的椅條空蕩蕩，黑布帘也全都掀起，光曄曄，有雀鳥飛入，咻的飛出，舞台上空落落。

演《東京紅玫瑰》那次，每晚都客滿，厝姑帶我，企滿滿的人，劇終是主題曲響起，男主角是不是小林旭開著車一直旋圓圈。給大雨聲吵醒的那個下晡，張美瑤在摺紙鶴，掛滿了窗口。她住的樓厝有一叢櫻花，花開，一叢樹若一朵紅雲。她坐在樓梯上等人。

每次覺得電影不好看時，舉頭看從放映室射出的那道粗粗的光，聽得到電影底片在機器上跑。有時老鼠一團黑影竄過壁腳。時間就那麼溜過去。

戲園口有座寄鐵馬的棚子，有個已變成乾硬土丘的防空洞，每天都是地老天荒的日頭。

歌仔戲班走了。比歌仔戲早走一天的是陳雷公的某明霞，日場開始沒多久，鑼鼓鏗鏗碰碰，她兩手空空什麼物件都沒帶，穿拖鞋，在戲園對面的路邊啃甘蔗，等一點鐘久才有一班的公路局車來。車來了，她上車，戲園口的人看見車窗內她在拭目屎。車噗的放黑煙，駛過大街，駛過天主堂，開上公路，去父親住的台中？

春郎阿嬸講，「早就應該走了，好好一個人給他做肉砧，大家叫他雷公，我就不信他眞正有本領會吐劍光。」

歌仔戲班走了後，下晡的日頭愈來愈黃，像馬糞紙。看板上的山本五十六，一身白雪雪的軍服，這部電影還是排在下期放映。這一日，戲園前的空地來了賣藥的，表演老背少，扭啊扭的搖著一條桃紅色手巾。在防空洞上，欲晚的風自大街吹透來，我感到有點寒有點餓。

雙面伊底帕斯

就這樣，我來到我生命的每一天都覺得焚躁，渴血，與孤單。

我以爲我是炎夏的終結與最後一人。

我一身黑，去搭統聯夜車南下。行前繞去找麥可，老鼠似鑽進防火巷，叩叩叩慢而重的敲窗三下，再短促二下，握著鏽蝕粉末化的鐵欄杆，閉氣拒聞水溝的潮腐餿臊，頭上逼仄一線天，潑染藥水紫。我不耐煩的再敲窗，才聽到麥可骨稜稜雞爪般的腳拖拉著粉紅色膠鞋，一搖一顫虛軟的來應門。門鎖摩擦刮著耳膜與牙根。我推開門，擰他長期靜脈注射而烏青一塊沼澤的手背，瞋罵你死人想薰死我這麼慢吞吞是財神爺上門都等不下去。他痛得一抽搐，兩股抖顫，必然尿了。我低頭偎他鎖骨上，甜蜜喚Mikey。水泥地汪著一片油水，堆著一疊疊碗盤，屋頂懸膽一粒黃濁燈泡，我手賤一拍，嗡的飛起一群黑綠蒼蠅。我扶他進房間像扶著復健的中風老人，經廚房，黑膩圓桌踞著一隻油亮大蟑螂好像翎子生的舞著一對長長觸鬚。我餵他特地彎去鼎泰豐買的湯包，小心燙，湯匙提高半空逗他。他拉長脖子，嘟起枯焦嘴唇，吃著了。五官仰高斜睨的神情居然有幾分憨媚。我戳下他額頭，歪嘴雞呷好米，用老人類的語言笑說好白癡，鞋尖踢他脛骨。他歪身拿起枕頭旁摺疊整齊的一條黑皮褲，說找了好久，那年在米蘭史皮卡街買的，才叫吳嫂拿去乾洗。我隨即換上，獸皮包裹人皮，立體剪裁讓臀形飽翹，烏光水滑。他喜歡我在他面前放浪，眼裡露出饞色。我抱他躺床上，雙臂雙腿環匝他，Mikey人生得一紅粉知己死而無憾呢。他喉結一聳滾，笑了。我摩挲他臉，澀且礪，食指探進他嘴裡，暖濕舌尖靈敏依舊。我在他耳孔噓聲，一九九七、二月普吉島安達曼海，我們在浪潮聲與椰子樹木麻黃沙沙聲裡清涼無汗的睡，到銀灰夜海裡裸泳，我怕，你背著我游，海平線有小船與大星，從左移到右，你那麼強壯。Mikey換張床墊好嗎？否則我們以前的夢幻光彩怎麼登臨被你盜汗、嘔吐、失禁、膿血浸污的牢床。ㄞ，Mikey莫哭，最後能獨得一張床是福分吶。我按摩他，撫摸，推揉，拍打，盡量輕柔；抬腿，曲膝，翻身，轉圜手腕與足踝。一身骨架只黏附一層皮脂，好像螳螂，每分每寸都是化學藥物醃漬的苦味。我不願說是臭。關了燈。藥師佛第一大願，眾生三十二大丈夫相八十隨形，Mikey親親，下次帶一本給你無聊時翻翻或者你願意念念。我幫他擺正平躺，併攏手與腳，肌膚於暗中仍有膜光，如海面浮游生物的螢光。我又貼他耳孔說，九三年二月我們永遠的公主奧黛麗赫本你現在還瘦呢。再沒什麼我能做的了。我與黑皮褲起身下床，於昏昧中心慌有畏怖。我不說但麥可你要知道，臭聞久了生出異香，病伴久了長出愛戀，謝謝你的皮褲，有朝一日我會穿著它回來響亮的鞭打你。他緩緩舉起一隻手，徒然的抓了抓，顫抖的喚小五。我不回頭不應答，從他的黑暗走進自己的黑暗。塑膠與壓克力的賊亮、暑夜潮悶的承德路，我提了一袋御飯團茶葉蛋關東煮麥香紅茶上車，呼嚕嘁喳幹完，外套蒙住頭放倒座椅就睡。

北回歸線以南，日光暴虐，割裂眼球。

躲避光駭，凌晨睡到傍晚，自來水都是太陽的體溫，洗掉一身積鬱，抹上痱子粉，回到十三歲之前。

髮梢滴水，赤腳屋裡屋外走一遍，才發覺這家的破敗。

四邊樓房屏立，我家成了甕中鱉。一棵起碼三十年樹齡的鳳凰木烏雲蓋雪在屋頂上，鳳凰花如火燒如雪堆如噴漿，葉影森森細細。我模糊記得小時候鄰居愛八卦那樹上吊死過人。

涼蔭裡，覺醒臉上腳底麻癢、有刺。

屋後姑且稱作我爹的院子，爲了省得清掃落葉落花，他在屋簷處拉張一片細目網罩，天光也就減半。地上雜交擁擠著一盆盆麒麟木、雞蛋花樹、腎蕨、長春花、蘆薈、紫蘇、虎耳草、朝天椒，一大叢芭蕉，一大叢曼陀羅，傍牆有曇花。他總共拾了也種了下半輩子的花草吧。盆與盆的隙縫，新葉堆老葉，積了厚厚一層遍生青苔，蚊子無聲。

太陽移了移，網罩裡成了淡黑的月影，蚜蟲從花瓣咬進花心，葉肉長蟲瘻，蜘蛛吐絲。腐土爬著馬陸與紅蜈蚣，纖足好像眼睫毛。

然後某個月圓之夜，盆罐破裂，伸出根莖鬚腳，所有的花樹癲癇發作的猖狂抽長，香臭交融形成毒霧，一場樂而不淫的集體交合，報答我爹多年如一日的照顧。

他撿回過一盆洋蘭，後來盛開四五朵紫紅大花。嘻嘻的拎到我鼻子前晃，像不像哈像不像，老李提醒我吻還眞他媽的像。舌瓣垂吐，幾條綿而沁血的爪痕。我瞪他一眼，扭頭。

曇花開的晚上，他捲起網罩，牽電線亮一盞燈泡，打赤膊端坐椅凳上，十指腫脹如香腸，脖子摺出二層肉丘，一百燭的光與熱，烤得他一棵椰子頭汗瀅瀅。牆上曇花巨碩但像十字架上耶穌，被高溫酷刑得愁容滿面。

曇花不獨開，一球接一臉。我蹲下摸到延長線，用力一扯，燈泡啪滅，我爹連同椅凳貢咚摔下。暗中曇花反而發出聖潔光暈。

我蝦卷手腳向壁假睡，他來到我床邊喘咻咻，汗味好像狗舌。現世報呢，爹。我手裡合捧花朵大如人頭還給你。那個麻紗襯衫灑了太多明星花露水，口袋裡看得見長壽菸公車票，腳穿粉白皮鞋，一手在褲口袋裡猛烈換檔，呼吸粗拉著。我食指中指夾出他幾張鈔票，佯裝低頭，另一隻手被大力攥拉過去。突然，南下或北上列車重重轟過，那光柱一條條快節奏而曼妙的槌擊我腦勺與背脊，光波急搗得角膜要出血，鋼輪與鐵軌纏綿摩擦。我的頭頸被蠻力下壓，一口氣嗆在喉嚨。我柔軟的像曼陀羅白花開時攀拉他油油大手，示意慢點，弓起背，提起靴子往他膝蓋狠狠一踹，留他一人在那光影法輪裡。

曼陀羅花開，我爹先以爲是百合，就讓它們一朵朵陰乾在叢葉上。

他房門掛著一把鎖，我一拉，一個問號掉在我掌心。

曇花女人，曼陀羅花也是。

花落好像吐痰落地的聲音。

安妮總是過午才挖我起床，帶來香噴噴的酸菜排骨便當或油滋滋的煎包。她央我幫她忙畫眉，要細長有弧度有型色澤要勻，可恨她自己一雙笨手就是畫不出。她昂頭，挺出胸前柔韌兩球，唇上兩撇軟絨細毛顯得英氣。畫妥了練習走台步，一邊說經紀公司的八卦。我還是那句老話，安妮你不夠媚也不夠妖，很難，你就是少根筋。若是穿裙子，她就撈起裙襬，露出黑蕾絲底褲與光潔無瑕腰腿觸我楣頭。我窩被褥裡單手撐頭，另一隻手剔剔牙，打呵欠。她旋轉，飛舞裙葉，咒罵艾迪那屁精居然想睡我超噁的。

鐵門一摜安妮走後，我翻個身繼續鬱悶的睡。樓梯間吼嗚吼嗚的蒼灰怪風，又是另一個陰爛冬日。整棟樓隔成一格一格不及十坪的貓仔間，進出來去如我的渣滓人。我住七樓七重天，四五樓與高架橋正沖，一到三樓汽車賓館。距離兩百公尺遠的高架橋有個奪命彎道，一年一樁離奇索命車禍。曾經一隻胳臂讓護欄撞斷黏在後車底盤駛到天明。

夜夜下望車道，渾濁一截直腸，排泄物似的車體衝刷，瘴霧霓虹燈紫紅與電藍湮染橋下偶有行人成爲人皮厲鬼。叮的電梯門開，竄出腐臭的廉價香水與酒醉的嘔吐。

一天的結束與輪迴，從床到床，我窩出一屋的沼氣。牆角的保利龍餐盒、塑膠袋、竹筷與剩菜骨頭積了滿滿一袋。腐餿生蟲的敗壞時刻，飯粒澱粉在嘴牙裡發酵。我必須謙畏等候。曾經我從不知道什麼是等待與守候。只有我負人，豈有人負我。所以我也就獨得一張床的倨傲與荒涼。吼嗚吼嗚的鬼風裡，從有夢睡到無夢，兩條腿堪堪要蛻化成魚鰭。小峰進來，球鞋裡悶了一白天的襪腳於木地板上一步一汗漬，書包一扔，長頸鹿般倒臥在我與毛毯之上，粗硬髮鬚扎著我臉，全身累積的汗與油脂與費洛蒙熱燥得令我一時窒息。抱住這一皮囊氣味，我就置身春夏的草原，心鼓盪得很大，幾乎要裂。蒼茫暗室，我視網膜猶烙著仰望他長大身影，他取出手機，快捷按鈕，送出簡訊。冰藍冷光烘出側臉輪廓，稚氣猶重像粒青木瓜。他的手因騎機車而似雪凍脆，我呵暖，一隻隻順著摩擦。隔牆電視神奇寶貝決鬥的電流大戰嗤嗤穿越。我膝蓋頂著他腿彎，唇緣暖著他耳背，稍後，手臂伸進他腋窩，食指蓋住他肚臍眼。他心跳搏擊的強勁令我臉紅喉乾，我將嘆息含在嘴裡，不敢輕舉妄動。他全身如此精嫩，沒有皺紋沒有囤積，我好像撫摸一張藏寶圖。必須等他自己願意。夜的柔軟與曲折。是見到了小峰，我才識得裸露的羞慚。我滯重，鈣化的重，積食難消、新陳代謝趨緩的重；他的重是膏油稠密的貴重。他也輕，血流暢快而關節靈敏。我那麼害怕蜘蛛網絲爬上臉。然而暗暗地，手背血管開始有蚯蚓浮屍。我們，母獸溫馨小獸，相傍走進盛夏的林園，蠟亮的闊葉大樹下，有果實掉落腐出的酒香，有繁星滿天，有草汁與蟻酸。他反哺餵我舌尖與津液。要等他願意。他解鈕扣脫衣褲，我咬著唇翻身面壁，狂風中草葉的抖。皮帶金屬扣環墜地一叩，我就知道來日大難我頭骨在昏暗裡碰裂。

日頭昏了昏，或有血污噴灑或烏鴉塗糞。

我爹房門應是久久未曾開關過，熱與塵膨脹壓迫門框，梗塞住了，我奮力一推，空隆巨響後沙塵彌漫，一股鬱積黴味果凍般膠結著這四坪的空間。長期封閉，物腐生水，白天高溫蒸熟汽化，入夜凝露輪迴。

我摀住口鼻，唯恐飄揚的孢子鑽入。灰暗處細碎閃著蕈菇的薄光。

死人搞什麼鬼，人老了就一腦袋大便。

塵埃落定，我以爲走進了電視台的道具儲藏室。

一座器物山直抵屋頂，雜而不亂的一層層鋪陳堆疊，電視機音箱電腦主機五斗櫃，一排卓蘭水果紙箱，鐵盒玻璃罐陶甕，一捆捆舊報紙雜誌電話簿精裝書，甚至腳踏車電風扇壁鐘；隙縫塞著舊衣布料，或掛一把收束得蛇細黑傘。不見光的蟲菌啃囓排泄掉渣輕微，一如深山尼僧誦經。我爹的床挨擠在角落，平坦沒一絲縐褶的鋪著軍綠毯子，一長方漬黃而薄如豆乾的枕頭，似乎壓著張紅紙。

我抽出抖開，是一家人的生辰八字。紙張蟬翼薄，一攤開就破裂。

方錦富，癸亥年二月初三亥時

方陳銀鳳，丁卯年六月十七午時

方初元，戊亥年十月八日酉時

方初亨，己子年十二月二十一丑時

方初利，辛寅年五月九日卯時（夭）

方初貞，己亥年九月二十九申時
方初夏，壬寅年七月初三辰時

我手指蝕痛，在床沿坐下，渾身汗糊。垂頭看床下，堆沙包般都是填塞得鼓鼓的塑膠袋，總不會是一包包的舊台幣？床腳跌落一面鏡子，紅漆畫著八卦。攀著紙箱，我想看清廢物山表層之後，跳了幾下就心亢暈眩。

我突然看出軍綠毯子我爹睡出的體形輪廓，短而腫。長年吃著鹹汗，顏色凝重。我爹。不知道何時原是堆棧雜物的後院加蓋變成他的房間，何時他開始業餘拾荒。

他的床位原是擺著一張竹編躺椅，總是沾黏鳳凰木轉黃的細葉，一小口一小口鮮血的花。躺臥望天空，望久了，視覺只剩灰黑白。樹頂的花嘯都是灰黑的雪，落在身上冰涼冰涼。我想躺到王子來獻吻，舌底與心裡有一處祕穴黑洞戳破了，湧出苦汁與痛酸。然而那個無以名之的渴望是今日死去，明天復活得更頑強。花葉腥涼落吻在臉上腿上，令我痙攣。謠傳中那吊死鬼還在風裡盪著。我等它落地，好像等著一個新世界烈陽的色與光，那樣成了一張膠卷底片，我凍結其中脂肉銷熔只剩骨架與眼洞。

我爹提一桶水搭一條毛巾，踢踢躺椅喝我讓開，坐下抹身沖澡。一粒西瓜肚在河裡滾，眼袋與兩腮如掛瘤球，十指關節寬大，指甲指腹渾圓像鴿蛋，一身老皮有斑塊有蒼毫。他最後總是行禮如儀的雙手舉高桶子倒空，讓水破啦淋頭頂。

乾索風裡，樹上垂下長彎刀豆莢，曬成深褐，割裂夜空。

水破啦淋下，濕透的楸黃內褲緊貼，垂垂老矣完全現形，一團黑肉蟲。

夠幸運或不幸的若我能活到他的年紀，再差再好也不過是這樣子。

我在躺椅上嘗試探險另一團肉蟲，是鮮紅。我們因為重壓而夾陷在竹片縫裡，痛但甜蜜。第一個肉吻，戒默微笑。樹影揉擦天空，盲龜遇浮木。痛但甜蜜，吭噹我爹持一根長棍往我們身上打，像打一對交合野狗，啐痰在地吼罵無恥。再揮棍，他自己一踉蹌，一頭撞躺椅，跌得腳抬得比手高。我逃了幾步，回頭吃吃的笑。羞恥能是個什麼東西呢？

知道時我已腐老無所恃，種種不可信不可望不可愛。

我終於遇見炎夏的終結。中華路焚熱陸橋上，我痛，眼睛腦殼刺痛，嘴尿道口肛門灼痛，手腳痠痛。我遍尋愛而知其朝生暮死，比死堅強。愛與羞恥無關，而是榮與辱，美與惡，光亮與殘敗，有了愛就有了前者，沒有了就是後者。

我回頭吃吃的笑。那一日我知道了擁有另一團紅肉蟲的狂喜滿溢。

帶上我爹房門，網罩在門口處挖了一大洞。暮色煙燼灰，網子徐徐漾起波浪。滿院花草樹木好像藏了許多眼睛在眨著。

我抬頭，圍牆上有一顆人頭。

我說，死人這樣嚇人的啊。

●

初夏。

我扔他一粒石子，他抬頭吊梢眼睛斜睨我，臉寡寡的。他身後一片濃濃淺淺的綠，枝幹長蘚，蟻窩結瘤，蛛網閃銀光。

死人，不請我吃飯孝敬孝敬？

家裡都還好吧？你爸的事辦得怎樣？

死了，全死了，死得好。幫我買串鞭炮放來慶祝，我好想放一大串鞭炮。

我爹之前不是糖尿病截肢，切下的那條腿好像就埋在這院子，眞要幫忙就來幫我找。

發神經。小姐，通知你姊了沒？

幹嘛，請回來跟我搶遺產。

恭喜，這下可以移民泰國了。到底有多少？

跟你阿舍仔沒得比。就中正路一排黃金店面，工業區一甲地，定存三千萬。醫院通知我爹死時眼睛閉不上，你們家屬來給他看看說說話。我告訴那雞婆，電電他用老虎鉗夾一夾，看他閉不閉。

不然，送進冷凍庫零下十度C，自然就閉上了。我爹郵局存款扣掉零頭，剛好兩千塊新台幣，還不夠付我來回一趟機票錢。

差多少我補給你可以了吧。

誰都知道你家日進斗金的大善人，少拿錢糟蹋人。我回來前才跟麥可談好，合開一家咖啡簡餐。我建議麥可向你家看齊，將來老人殘胞一律打八折，等有盈餘呢每天提供遊民十份免費套餐。

別造口業了。你的娘寄了一包東西放我這裡，好像是些重要文件。

他彎腰蹲下，猛然拔河似扯起一長條藤根，株連一院子的盆罐夸啦地震，塵沙揚起，一棵馬拉巴栗仰天倒。

他咳嗽，夾著膝蓋蹲著，像隻蛙。

晚一點我們出去走走。

他嗯一聲，轉身進屋。背影像極他的我爹。

那張黑色護網軟軟的晃，上面積了一夏天的落花落葉，滾成數條泥垢，略微發出腐臭。

初夏他爹搭建護網那幾天，又鋸又釘，他娘就在屋裡罵了幾天。我母詫問，是要拆厝喔？我父說，姓方的笑魁喔，巷子頭堵著，跟我晃頭，怨嘆惡妻逆子見笑死。我賢良的妻則抱怨，那老查某的聲親像鬃刷。

晚餐吃得早，全家如常的圍著大圓桌，大姊二姊兩家就在隔壁，我母天天叫回來吃團圓飯。客廳餐廳廚房連成一氣，電視響著，我母喝碗湯就配額監督大家把菜吃光。我父進食專注，粗礪若老樹的手抓緊飯碗，牽動太陽穴一條青筋。大姊二姊總是化淡妝，小孩家教很好，一口一口細嚼慢嚥。我妻抱著孩子。一家人一個臉型，一台麻將。

熱天天暗得慢，廚房餐廳瓷磚牆滑溜溜的熟黃太陽光，瓦斯爐上燉坐一大鍋湯咕咕小聲冒泡。我父喜歡燙嘴的熱湯，喝著發出響亮的咂嘴聲。我母靜看這一切就很滿足。

飯後移到客廳泡茶抽菸，偶爾親戚朋友來坐坐開講，偶爾巷口五叉路砰一聲巨響又車禍了。八點電視連續劇開始，大姊二姊兩家打道回府，我母上樓，我父在按摩椅上瞌睡，我妻進房哄小孩睡。

等我父醒了，跟我對一下賬目與進貨，也上樓，我屋前屋後巡視一遍，擰緊瓦斯爐開關，熄燈，供桌兩盞長明燈紅豔豔。一天結束了卻好像尾巴很長。牆上掛著祖父母照片，他們過世了幾十年，但微微瞇眼似乎仍防著今天的日頭。掛鐘晃動，鐘擺像浸在水缸裡。

時間，好像潑在水上的油。

冷氣洶湧的房裡，非常怕熱的妻將孩子哄睡了，放在粉嫩柔暖的小床裡，只露出握拳的花苞般的手。她換上薄棉紗短睡衣，開始流程繁瑣冗長的美容保養，抹搽揉拭拍打，清潔收斂滋潤營養，肉掌與肌膚互擊的清脆。我枕頭上擺著一套乾淨內衣褲。妻尖尖指甲雙手停在半空，某種雕塑姿態，羞澀笑著，因爲對自己身裁不甚滿意而歉疚的那種笑。我從脖子到腰腿僵直的，繞過她進浴室。

偶爾太晚回房，妻已躺床上她自己的位置，弱光裡，她從臂膀與大腿裸露黃湯湯的溢流一床。冷氣強得空中結一層霜花。她均勻的呼吸，胸脯魚鰓那樣的擴張收縮。我屏息極小心的脫衣躺床上，妻翻身，順勢偎靠我，她的呼氣與皮膚是香而燥熱。

在各自的睡眠裡，各自非常寂寞。

婚禮前一晚，全家擠進新房。我母擋在門口指著大姊夫與二姊女兒正色說，肖羊的勿當入來。又命令二姊小兒子上床蹦跳，油漆木材與布料新而利的刺激著眼神經。我父拿著無線電話喊，是啦呷中晝，在大海星，你大伯公咧無來敢交代也得過，全家攏來，特別給你留一桌，火旺跟你師公神栖坐同桌啦。我母捧著一鐵盒的雙喜剪字，搖頭嫌房間太素。一盒化學香味薰得人頭暈。

我於忙亂中溜出門，走到鳳凰木的暗影裡打電話給初夏，涼風吹著卻周身像赤火轟燒。

喲，新郎倌，睡不著，怕了？人生就是戲嘛，我要當伴娘你又不肯，那就幫不上忙嘍。

麥可明天和我飛曼谷，還是住葩吐汪，他死人你猜帶幾條泳褲，五條。妮奇後天帶我們去蘇康威使館區豪宅參加泳池party，黃昏開始，說是新加坡、馬來西亞各來一隊model，一個個人美歌甜。所以麥可緊張得，一連兩天都去沙崙做日光浴。

妮奇，水中精靈，拉著我潛到泳池底，攬著我脖子，大嘴湊上強吻。我抗不住浮力，卻馬上被抱住腰，又下潛。泳鏡上是幾噸的水，溶著流質的天空，溶不掉卻扭曲變形的是池邊的遮陽傘與泳客。妮奇大章魚手指挖進我口中，我猛烈一嗆，往後一仰，沉下無底深淵。

那來那麼多囉唆，自焚抗議嘛，新婚之夜穿一身紅汽油一灑打火機一點，可憐那士B陪葬你。

我蹲在樹影裡。

那個颱風夜之前的傍晚，天邊火燒雲，而天空乾淨得詭異，也亮得詭異，好像無數根蠶絲在大氣層與地面之間絞紡。通體無遮蔭的站在強光下仰觀天象幾分鐘，就驚惶身上裸露的毛髮給燎去了。我父一吆喝，全家人在路邊站一列，一齊舉起右手額眉前搭篷，瞇眼張嘴，我父我母嘴裡閃著好幾顆金牙銀牙。一生只有一次天空沒有一絲雲絮，純淨如稀世琉璃，彷彿異象，彷彿核彈爆炸的末日。我父抹抹臉，那乾索的聲音像捏碎焦枯葉片。我母說，趕緊打電話給煌仔叫伊魚塭愛較注意。強光蝕掉每人的臉。

入夜起風，初夏扭著細長腿，雙手墜著屁股上的衣服下襬，紅著臉走來，說按筆友教導他已有了兩根手指的功力，達到三根手指就大功告成。筆友過來人經驗，這段自我磨練的過程好比海陸蛙人隊的天堂路，那種痛，沒有言語可以形容，將來的極樂與狂喜，也沒有言語可以形容。

在甩著水氣珠粒的大風裡，我們的臉胭紅。初夏抓著我的手，風裡源源的巨力讓我們錯覺興奮就要鼓翅升空。

整棵鳳凰木枝葉雨傘開花的朝空中直立，隨即清亮的喀嚓折裂聲。

大粒雨滴重打在臉上，呼嘯將人一劈，我們確定身上有什麼不可見的一層給掀上天空。

身體的骨皮肉，因試探而存在，因疼痛而完全。

也因爲快樂而虛幻。

存在是那樣的短暫，誘惑是那樣的甜美而大。

所以我有過短暫而幻麗的夏天。

從據說秀場女王也有投資的野雞車下來，我揉揉眼睛，只見漫空碎爛鏡片嘩嘩的跳、掉。一大面霓虹燈牆是瑪爾寇梁四個美麗大字，更遠是希爾頓飯店一行字。黑黑紛紛的煙塵中給初夏拉著走。他兩鬢的髮推高剪短，劉海下眼睛精靈的轉，腳上一雙尖頭白皮鞋，鞋尖含一塊金色金屬片。

走中華商場，初夏說忠孝仁愛四棟。到西門町進一棟樓，說小香港。窄小店面歪著一頭油光長髮的白臉少年，說小康。扁扁嘴介紹我南部小土豆第一次北上特帶來拜碼頭。一棟樓外牆爬著一隻黑猩猩，說大金鋼。

初夏故意不看我，故意與我保持距離。他站的姿勢，重心放在右瓣屁股，大拇指勾吊褲口袋。

晚上去林森北路妮奇打工的店，初夏喊餓，我喊渴。妮奇引我們到後門，不斷偷渡爆米花花生堅果豆乾生啤酒。妮奇以濕紙巾擦我嘴角，狹長眼睛斜插入鬢角，睫毛長又翹，跺腳罵初夏死爛貨都不帶我去吃飯是不。

兩人蛇纏著講悄悄話，妮奇笑得一臉蜜甜，一直打初夏，噁心了你。狐狸眼勾著我。

等到妮奇下工趕去舞場，大大場地空空的音樂。

舞池邊一桌黑衣客，兩人蝴蝶似飛撲去，膩聲喊剛哥。抽菸喝酒，噹一聲火燄跳出的打火機。

三人，剛哥左右初夏妮奇，一個密碼符號。

初夏玩剛哥脖子掛的骷髏項鍊，妮奇玩剛哥腕上手錶。

我一個盹醒，舞場已空，Donna Summer乾乾的鬼吼，一幫黑衣客手腳俐落的併桌，抖出一塊黑布，提出幾隻黑皮箱。

妮奇拉著我迅速往外撤。

走在深夜街道像行在河流底，回到妮奇頂樓加蓋的住處，初夏要了條沙龍繫上了就睡。妮奇介紹看夜景，指出大屯山系像不像巨獸在睡，銀帶閃鱗光的淡水河。靠著女兒牆問台北好玩嗎喜歡嗎？軟涼的手握著我的手，留下來好嗎？我們住一起。

似乎才睡下就教北淡線第一班列車吵醒，整間屋子嗯嗯發抖。我一隻手給妮奇枕得痠麻。

晨光曬得屋頂嗶剝，屋內烏暗，初夏打鼾，妮奇隨電風扇的一轉頭而騎坐上我腰腹。火車從鼻骨與眉骨切輾過，喀噠喀噠喀噠。

打開門，下午最乾烈的太陽一噸鉛球的迎頭痛擊。

整個城包在錫箔裡悶燒，天際灰滾滾的煙龍。左鄰右舍伸出一竿一竿的黑內褲紅奶罩肉色絲襪。屋頂蹲著一罐或一球白鐵幽浮水塔。有神壇叮叮啊啊誦經，電子琴配鐃鈸。日頭下，沒有影子。

記得總有很多很長的路可走，總要熬等很久才日光消失，吃很少喝很少。

天上一定有九個太陽。

睡裡我們嗅著對方皮膚上的焦香與鹽，溫柔的抱著，如死的睡去。

等太陽的災難過去。地平線邊緣的龐然怪獸被剖腹，露出血光內臟。等那紅影一層一層的暗去。

等到吹起了第一道涼風。

剛哥的地方漆成一窟深黝黝藍洞，鐵鍊簾子取代門，蠟燭取代燈，黑塑膠墊取代床與椅子，啤酒取代水。

初夏出現時赤裸像一條無骨肉蟲，往剛哥身上一撲，罰我罰我，似笑似哭的求著。

妮奇枕我大腿笑說又起豬母癲了。

剛哥一隻大手托著初夏下巴，大力捏著；初夏張嘴，剛哥另一隻手丟進好像藥丸，口對口送過酒液幫助嚥下，然後拖著初夏後面去。

剛哥加油。妮奇鼓掌，翻身咬我腹肌。

初夏拖曳過的磨石子地有粉白兩道粗痕。我跟著走，到底，晃盪盪鐵鍊裡藍黑淵穴，地上隱約亂躺著幾條肉蟲，肌膚淌汗黏著塑膠墊而突然叭嗟脫落。

聽見初夏，呻吟與痙攣，滷滷的在咽喉漱著毒水燒湯，光光的在刀刃上磨鋸。

一股堅硬的力道頂撞那呻吟的單音，一頂撞就升高一個音階，再高，再高。

剛哥一撥鐵鍊走出，鍊子尾端掃到我顴骨。

初夏的手腳四蹄是被吊高再被俐落的丟擲在地，叭，好像割喉挖心放血。頭臉與四肢朝同一方向，叩，體液於身後緩緩的流出。他的呼吸或者喘息那麼短促大聲。

有另一條肉蟲匍匐接近初夏，合抱。

夜風湧進，後門離去，街巷繞一圈，再從陽台進來，藍幽幽的房子輕得可以拎起。

妮奇貓在客廳地上，舉高一隻赤腳招招我。

剛哥跑船喔，妮奇讚道，上次跟菲律賓番鬼在印度洋幹架，一比三呢，把對方扔海裡再救起來，但番鬼玩陰的在他背上劃了一大刀。初夏摸著那刀疤就掉淚，咦，剛哥就憐惜了。好，我跟剛哥進言，初夏野得很，你得治治他。又跟初夏說剛哥最愛人家吸安時做。哈，就上鉤了。我乃諸葛神算。

我看著妮奇的虎牙夜風裡長著長著。

磨石子地有股很舒服的陰寒。天亮前的清藍，都是鳥叫，我們纏得緊緊，新陳代謝的皮膚屑剝落一地與塵沙。

初夏仍蜷曲原地，獨身一人。我摸摸他，低溫但凝結一層膠，呼吸心跳還有。

我一人走到屋外的清藍。

走到堤防上，在太陽升起前滿心的懺悔。

悔意的清涼，相對妮奇的燒熱。

堤防下一列燈，黃黃的一球球，球燈之外一片黑蒼蒼的樓房之海。

很多年後，我記得那個夏天遇見的人，海底沉船裡漂浮的屍體。

我決定離開台北的前一晚，妮奇哭腫兩個眼泡還是拉著我去剛哥處。

燈光煙迷迷大亮，塞了一屋牛鬼蛇神，傳呼一截截老鼠尾巴。每張嘴每管喉嚨混雜著神經病似的笑聲。

初夏靠著藍牆癱坐，瘦出兩汪眼睛，低聲說好疼。

我們仰頭看藍色屋頂，滾著煙霧，形成香雪海，復一片一片裂開。

妮奇蹲下，拍我手背說，那個長髮披肩的港姊，幫小康帶兩卡皮箱的貨來，盯著你留了一晚的口水，哪，人家旅館名片。

初夏颼的掠走名片，一撕兩半，塞進嘴裡嚼。

妮奇一愣，毒毒的瞪了一會兒，哼一聲走開。

快午夜才去閣樓，一屋人轟的下樓像一群蟑螂。

灰黑的街，風大而涼，我扶著初夏過馬路，妮奇在後面虎視眈眈。我說明天回家去了，初夏啊一聲那麼快。

那要趕快，閣樓午夜開天窗，好像宇宙的大祕密也打開呢，我也被打開了，阿良我只告訴你，我的身體打開了就像一只寶盒。從今以後我就要帶著這只寶盒闖天下。

前面的騎樓暗影裡，一群黑衣客蝙蝠貼地疾走，剛哥在其中。

踏上紅磚道，身後吱的輪胎咬地拖出慘刺長音，悶悶的在空中快打了兩拳。

回頭看，兩具人體在大風裡幾乎是馬戲團愉悅的彈向半空，那年輕無敵的頭身腰腹手腳如此美麗不可方物的飄著，如花綻放的張開，抗逆地心引力的美麗停格，與天纏綿接吻嗎，然後蛆般沒有聲息的掉落，碎紛紛的掉，濺上我們的唇。

舌尖一舔，花瓣的粉而苦。

那在夜晚恍惚如海綿的柏油路，直直通向天邊，而月亮長著癬的月亮如果可能保齡球那樣的滾下來，滾下來。

●

一生裡有兩次，我的頸背長眼睛，看著炳良盯著我，也恨也求救。我陪妮奇送他到曼谷機場，厭煩極他們一路黏纏甜膩，忍到付了機場稅，我拉了妮奇轉身就走，班機表一排排噠噠翻新數字訊息啓程地，颳起罡風，他一雙受傷的眼睛定定的盯著我與妮奇。

沒講價就扔進計程車，妮奇開始哭夭，抽噎。阿泰司機伸手要高速公路通行費，我丟了張五十泰銖，順手賞了妮奇一巴掌，有完沒完，有種到剛哥面前哭喪說不幹了明天一早回台灣，我等著看誰被毀容無名屍丟公廁。

紗門在我身後砰的關上，什麼時候開始這客廳變得終年不見天日？很小的年紀我拍著門要進去，我娘答有本事出去就要有本事自己進來。我的鼻頭印著紗門的碧綠細格子。

我娘蹲在紙箱後，我只看到一頂菱角殼頭髮。噴了濃稠髮膠，鐵絲一樣。

我手握一根串滿彩色魚丸的筷子，掉了一粒，滾進沙發下，我趴下找，灰暗裡抓出厚厚一疊衛生紙凝著黑色血膠，介於腥與臭的氣味。我疑懼丟回，但常常爬進撥弄嗅聞，所以夢見了下半身流了一客廳的血，以雙手撐地前行。然後有一天發覺沙發下被清掃乾淨且噴了殺蟲劑，我轟的紅了臉，第一次知道祕密的恥辱。

而且陰涼無聲中不斷有蚊腳落在臉上，覺得破裂而醜而沒有希望。週末午後穿著制服昏睡沙發上，流一攤口水，天光太強，眼皮跳動，身體內有一塊像蛇的蟄醒；睡到某個時候，汗出刺痛，全身火燒。

又夢見頭殼墜地，工的一捶的空心雷。

那年我爹種了一篷架葡萄，我捉了一捧綠肥粉盈的葡萄蟲，跟我娘討一個紙盒養。她直著喉嚨尖叫，屈指關節狠狠爆敲我頭殼，把我推到後院，葡萄蟲落地被踩成一團漿糊。

尖叫的頻率震動皮膚到心裡，我竟然笑了，因爲喜歡。我用修指甲的小剪刀戳妮奇刑求，也得到相似的尖叫，以至剛哥喊停了我仍繼續戳，那人肉的柔韌與密度。妮奇哭叫，不敢了不敢了不回去了不會再使性子了。剛哥拉直妮奇手臂，吸吮傷口，呸的吐出血沫，笑眼卻勾著我。

後院是我爹的，客廳就是我娘的地盤。

她從不間斷的接家庭代工，縫雨傘，穿珠花，摺紙盒，黏聖誕燈飾，勾毛線花飾。每月兩日互助會開標，她就笑一整天。會錢收齊，一紮一紮的數，分類茶几上好像閱兵。稍停，再重數一遍，將每張的摺角與捏皺抹平。我走到她面前，伸出手，掌心向她，她正用橡皮圈捆紮一疊鈔票，啪的我手背腕便挨了那疊鈔票一擊。我手伸更長，她啪啪的順手臂打上，一下比一下清脆。我整條手臂立即泛紅，但仍伸得筆直。她陰陰笑了，右手拇指摸著一張十元紙鈔，頓了頓，抽出，遞給我。

家庭代工她做最久的是車縫三角褲，正面中間縫一簇蕾絲花。裁縫車踩動如同機關槍掃射，她埋在一捆又一捆的粉紅粉白粉黃粉紫裡，車一天，再抬頭兩眼紅血絲，到院子清頭髮鼻孔脖子的棉絮線頭，上身晃搖得好像起乩。

騎一輛野狼來收送貨材的是個精瘦大喉結的男人。摩托車噗噗的在門口停下，紗門咿呀開了，扶著不讓闔上，蝴蝶鉸頁酸酸的呻吟。男人說大姊這紗門該上點機油。啊喲黃老闆做死了也才賺那點錢買張狗皮膏藥治腰痠背痛都不夠呢還能有多少油水。大姊愛說笑看來看去就是你手藝上好而且上頂眞。她嗤笑，腰臀軟了軟，人家都讚我織女星下凡呢喝杯茶吧這大熱天你看你全身汗喲掉河溝裡去了。兩人陷坐一捆一捆纍成半人高的底褲裡，膝蓋碰膝蓋，額頭觸額頭，聲音啞啞的低了。苦啊黃老闆這心裡的苦啊沒得說啊老的當我老媽子小的當我銀行活儲帳戶幾個女兒嫁出去就像犯人逃獄成功我夜深人靜想著就氣氣得心痛胃潰瘍要發作這一家人無情無義狼心狗肺我眞是前世不修這世生養一群畜生吶。男人的腿粗黑有力的一截。

紗門又酸酸的呻吟，摩托車噗的啓動，照後鏡將一餅日光在牆上一擦。

我悄悄的走到她面前，她揉眼睛，鼻頭紅腫，嚇一跳，握拳又想爆敲我頭殼，但馬上明白我的身高已讓她敲不著，就低頭擤擤。

我順手牽羊了一條紅色三角褲，到了炳良房裡，罩他頭上，送你穿著打管，多久沒打了滿臉痘子好醜。我往床上一拋，正對一扇大窗。

夏天太陽烈到某個時刻好像硫酸，傾潑臉上，多希望可以換一張臉，換一副身體，換一顆心，也換一個姓。

我們在半夜騎腳踏車找到那輛野狼，旋開它的油箱蓋，倒進一袋沙土。

破曉前酒精藍的空氣，我要炳良幫忙扶托那袋沙土以便傾倒，淅淅瀝瀝的流瀉聲，我褲襠裡熱脹了一節又一節，應著心跳的狂擂，突然一嘟嚕的熱漿嗖的射出，我腳軟差些跪下。

北上註冊前我娘臭臉了半個月，終於丟給我一把鈔票，就這一次以後沒了考得什麼野雞大學還有臉念還是美國人的方法實在要念大學自己想辦法養你到今天很對得起你們方家列祖列宗了。

我連夜收拾妥兩袋行李，出門前在她房門口上陰聲細氣說，你跟那三角褲男人的事瞞不過我我下回找他要就是。

我讓大門開著。九月夜晚，銀河水潑濺一半落地，好舒服的涼與濕。七里香翻攪空氣成一片銀屑，我更高興自己練成了三根指頭的功力。

每具身體都封存著一個祕密，揭開時有大歡喜。

之後有大黑暗。我以爲可以像巡弋飛彈滑過淵面，登彼岸時獨自一人。

我以爲我自有生命的色與香。

同樣夏天，越過回歸線向南，就是不同的硬度不同的鋒利，好像跳下乾枯泳池，頭殼著地。

再見到我娘她趕上時潮做起美容美髮產品直銷。客廳換了全新燈座，賊亮，一屋子冒油汗的女臉臃肥的黃皺的圍著她。她梳著宋能爾陳香梅的包頭，滔滔解說與示範，搭檔的愚婦人端坐著，一張大餅臉當白老鼠。

我娘站得挺直，衣衫流金閃銀，十指夾著瓶瓶罐罐，看似傳道人或魔術師。

我嗤笑。剛哥一手搭方向盤，鬍碴下巴，咬著菸，我攀著他臂膀。他要我快決定是進去嚇我娘或是跟他住飯店去。妮奇過兩天帶一批貨與錢下來會合。

剛哥叫人按摩。一身廉價香水，手腳指甲塗紅的醜女進房，我到浴室泡熱水。掩蓋那醜B職業化的叫床像一鍋煮糊的豬腳膠油。

等我浴缸裡盹醒起身，剛哥已趴睡大床上，嘓嘓打鼾，肩背到臀與腿黑出一層釉，揚著一層汗酸一層酒氣。我撫摸他背上的疤。

近午起床，驅車往濱海方向，魚塭的抽水機翻滾一柱柱的銀泉。下車問路，順便吃了幾個生蚵，滿嘴甜腥。

鹹風與蒼蠅群空而有勁的拍打日色，打得極薄，曬著就是一層膜。

剛哥在鄉公所找到他的同梯，帶路到海邊，海天八成，陸地兩成，之間空空的孤聳著一棟水泥建物是海防駐軍。

正午的海潮是灰濁的，同梯的說一直到現在只要有消息他們全村就漏夜來搶撿走私丟包，黑膠布裹得密實，萬一是水雷炸包就中大獎了。夜裡被沖上岸，匪軍如果也這樣摸上來鬼才知。

強光大浪熱風將我們三人綳緊。我回車上喝水，他們迎海走去。

兩支人籤在大海之前，太陽漠漠，大海漠漠。

我隱約感覺剛哥這次是踢到鐵板，但他屬於的那個完全雄性、硬碰硬的世界，我不想懂。

我們不過是互取所需，從不賒欠。黎明或暗夜的鼾聲中，常常覺得他是個漂流的島。

他說服我進入他的那刻，我跪在火燙的鐵板上，而兩隻腳掌爬滿了蠍子與蜘蛛。

輪迴的圓滿。事後我將一瓢熱水淋他頭頂，背脊打香皂，抹擦，熱水沖淨。彷彿在時光列車的某一個窗口很熟悉的畫面。

我蹲下，臉貼那背脊。

妮奇下來的日期一延再延，剛哥錢花光了，我只好帶他回家。

沒有冷氣，我買來冰塊放鋁盆，置電風扇前。床小，半夜，我的汗黏著他的汗，或者夢裡，我舔啜那汗顆粒，他扯直我頭髮怪笑。

醒時屋子總是荒靜。我爹來敲過門叫吃飯，塑膠拖鞋呲地，很刺耳。

飯桌上擺著燒餅油條蛋餅一杯豆漿一杯米漿。

我像鬼魂的只看嗅而不食。

院子的網罩給風優柔的掀高，都是鳳凰木涼涼綠綠的影。

像什麼昆蟲或弱視動物的地底巢穴，我爹我娘與我各有各的行動路線，各自憑氣味避開正面接觸。

從日影走到日光，炳良家何時蓋起一棟三層透天厝，騎樓下一輛雪白HONDA，大門旁掛一個收放羊奶的豔藍膠盒。

我在車屁股放了兩朵鳳凰花，花瓣有折傷，一道深湛血痕。

乾燥白色的午後巷子，飄著晾曬衣服的洗衣粉香味，擲杯問神鬼的脆響，賣冰淇淋的叭卜，有好像神仙鬍鬚的蛛絲纏了我一臉。

太陽令我流淚，我張望炳良的房間的窗子。炳良，我們回不去了。

妮奇只將錢匯下來。剛哥開車去加油，我在客廳長鏡前無聊得拔修眉型，胸前鏡裡是T恤上垂著敦厚大耳閉著眼睛的菩薩頭像。

長鏡總有半世紀的歷史，頂部繪了一對五彩長尾鳳凰，右側一行紅字，方錦富先生陳銀鳳小姐新婚誌慶永浴愛河。八歲或九歲，我被選入學校合唱團，指揮老師規定回家對鏡練習發音，注意口形的正確。我認眞張大腔腸似的嘴，噴霧了下半片鏡面。我娘粉白細長臉浮現，像從隧道飄出的一張臉皮，雙眉鐮刀細利，吊梢眼吐劍光。我一驚，挫矮了半截。唱什麼呀噁心死了光聽你唱歌那德性就知道是個沒出息的娘娘腔。

這次我要靠牆讓讓才能看到她精心炮製的宋能爾頭，她身後潦草亂長的花木影子，天快黑了，墓穴開啓時刻，一股陰風從鏡裡鏡外的甬道吹起。我等著她那雙毒眼，但她瘦寡寡的身影只說了句，好好的人不做偏偏去做鬼。

她出鏡。

那對鳳凰其實已掉顏落色，鏡子四角水銀塗漆剝蝕，黑黴惡虐的蠶食。我還是一驚，她年輕的臉重現在我的頭上，尤其那尖刻眉眼與嘴。

我顫抖著指尖沾口水，順順眉毛，抿抿嘴唇，將鑷子放進口袋，空出兩手把鏡子取下，晃盪鏡景令我頭暈。

往她腳前一扔，嘩啦遍地銀蒺藜。

她慘叫一聲，腳一軟，坐在碎鏡子裡。

我拎著背包坐進剛哥車裡，他咬著菸問笑什麼。我覺得小腿有點酸涼，原是嵌了一小片玻璃。

我笑答，見鬼了嘛。

我爹從巷子底企鵝般行來，右手提一盆沒開花的洋蘭，有些癲，車子與他錯身時，我屈指敲敲茶褐色車窗。

他的臉，太陽穴鬢邊至腮列島散布著大大小小的斑塊，指針掉落的鐘面。

曼谷古稱天使之城，在北回歸線更南的南。車過横跨蜿蜒市內的昭披耶河的一條長弧橋，兩側黃澄澄燈花盡頭地名諧音餅告。我、剛哥、妮奇被安排住進一棟電梯公寓類似國宅，計畫三天兩夜後返台，扮作炮兵團受託夾帶一個厚紙袋，穿短褲夾腳拖鞋戴墨鏡入境。

一河之隔的餅告不是觀光客必到的鬧區，但白天初夜密密匝匝的人頭人手人腳，膚色又黃又黑。隨便在巷口食堂吃午飯，白瓷磚檯子上一大鍋咖哩好像糞坑，上方一枝紅塑膠拂塵旋轉驅趕蒼蠅。睡不著，凌晨四點多醒來，冷氣凶得似冰庫，窗外濕又幽藍，觸覺都是沙塵。昭披耶河兩岸的平底葉舟在黃混河水一盪一盪，載滿滿的人，我都怕它下一秒就翻船。河水一樣腥臭。剛哥攬著妮奇睡，妮奇側臥頭臉卻仰著。我穿剛哥的四角褲蹲坐窗下，聽那天使之城快醒時的雜音，有點想吐。睡前與妮奇被剛哥蠻力壓迫而臉與臉對擠，兩張嘴輪流在他下腹打地樁。

什麼時候開始我總是置身這回歸線以南割裂眼球的陽光裡，將我的精氣焙酥曬乾。

天使之城，燦爛的黃金臥佛，有沒有天使之翼的一根羽毛飄下。

九二年七月某日，季風帶來暴雨讓曼谷市區交通完全癱瘓，澀窒長達十一個小時。我在飯店泳池邊居高臨下親睹幾百萬盞車燈膠著的輝煌奇觀。然後遇見麥可。

泳池水天上來，在那一池昏天暗地的灰燼液體裡我們交纏，迸出火花。

當晚我就把行李搬到麥可房間，次日一大早直奔芭達雅，我留口訊給櫃檯轉告剛哥，我不幹了。我逗那書卷氣晶亮大眼睛的可愛櫃員，記得一定要加上這個單字 motherfucker 我不幹了。對，跟我唸一遍，motherfucker。

我記得那野雞車逃命似的飛車速度。搖下車窗，強風撕扯我們的嘴鼻眼睛頭髮，灌進肚裡，我大笑，將一本雜誌對半撕，一疊一疊劈啪丟窗外，啊，但願能將自己撕碎也丟進風裡。

或者，就像梁山伯祝英台化作蝴蝶。

麥可。

●

車子駛上橋，我告訴初夏右手邊一整片重劃區以前是沒人理的狗屎地，現在是市政府市議會的豪華大樓新址，上屆市長任內共完成五期市地重劃，有福同享，大手筆致贈市議員每人一部賓士；卸任就落跑到美加當寓公，去年又回來參選。

人心貪到完全沒意思的地步。

初夏不作聲。大概是橋上燈光，他臉泛青，兩頰凹陷。我摸摸他額頭，有點烘。他嫌惡的閃掉。

他縮脖子低頭，細察面前玻璃下方捺印了幾組的腳印，冷氣一吹，腳趾特別清晰。

也不完全是貪，很多時候只是控制不了自己。他抽出衛生紙拭掉那腳印。哼，還滿大的。

我的臉一定紅了。

妮奇好嗎？

喲，我以爲你老人癡呆全忘了。爛B大概躲到泰北給大象騎。

你那剛哥，我沒看錯新聞的話，在機場被捕，吃牢飯去了。

信不信，我告的密，獎金一百萬。怎麼，我大義滅親爲民除害，你不誇獎一句？

心裡清楚自己在做什麼就好。

那你一直都清楚嗎？

我指著才被他拭去的腳印，跟那一樣的清楚。

他若有所悟的緩重一點頭。唉，我錯看你了。像你這樣多好，什麼都有，房子，車子，銀子，兒子，妻子，精子，六子登科，嘖嘖。

謝謝你。

我說錯了嗎？你看看我有什麼？彩雲易向秋空散，多少雞巴與卵蛋。

你等著下拔舌地獄。

地獄不必等，現在、現在就在我們心裡，我已經待了很久、太久了。

我娘到底是怎麼跟你說的？

只說回大陸老家，她眞的是好老了，她交給我的那包東西——

就燒了。

萬一是土地房屋所有權狀？

你當她是觀世音菩薩還是德蕾莎修女，我爹一切早通通過在她名下，我想要就得慢慢等，還得看她高不高興給。好人不長壽，禍害遺千年，我有得等。

你是好人，大好人。

總算不枉我們知己一場，我慈悲爲懷渡了多少人，包不包括你？結果我得到什麼？

他笑，咧嘴一個深大的黑洞。

我駛進正在大興土木的重劃區，到處是板模鋼筋鷹架圍籬更像是轟炸後的廢墟。得到又怎樣？沒得到又怎樣？

有次載朋友來，正巧滿月，照在身上青青的，他才二十一歲，我不知道為什麼一直想著你。記得小時候一起看卡通寶馬王子，有一集是一個壞心女鬼生前是女巫無法上天堂因為死時沒人為她哭，終於寶馬王子掉下眼淚，天上一道光梯降下，女鬼就升天。

寶馬其實是公主。嘿嘿，我就是那壞心女巫女鬼。

有沒有特別想去哪裡看看？

剛哥載我去過一個常有走私的海邊，經過許多魚塭與鹽田，有海防部隊。那天風浪好大都是灰色的，但明明太陽好大，都快曬瞎。剛哥其實是去打探門路，以備他走路用，他以為我不懂。

你知道是哪裡？

●

我爹動截肢手術後約一星期，我在深夜神鬼不覺的回家。鑰匙在大門鎖孔轉了兩圈，居然我娘沒換鎖。

客廳都是靜物，心口夜梟呱呱的叫了起來，好像聽到她咬牙瞪眼的聲音。小時候夜半來了賊，她靜候伏擊，相準了，一隻凳子朝那倒楣的賊頭上砸。我爹左鄰右舍張揚，好比擊鼓助陣勇抗金兵的梁紅玉吶。

南下返家前，我繞去看麥可，他痛得從牙縫嘶氣，全身苦臭，嘴角一坨白沫。我一手摀鼻，一手握著他的腳踝，勸他何必呢該放棄就放棄藥再吃下去快成木乃伊了，又臭又醜。

我都想試試抱抱他，大概像一袋棉花。

他笑，頸子的血管與喉結藍突突。

我好久好久沒看到你，麥可說，吳嫂用我的名牌領帶綁在床頭，教我拉著它學自己起床，我學會了，好喘，喘得一身虛汗，但好高興呀，想著要告訴你，打電話給你，我一直打，都是個女的接的，罵我打錯了啦，要我查清楚電話號碼。我怎麼會記錯，是不是病毒跑到腦袋了。

我嘖吻他腦門，啵響一大聲，多想拿枕頭悶住他鼻嘴，最後一次幫你囉Mikey。

我嘖吻他腦門，啵響一大聲，拿枕頭溫柔悶住他鼻嘴，最後一次幫你囉Mikey。

嘿，一下下，一下下就好了。

不要踢，不要抖，有我在，陪你睡一睡。

睡著，全身涼了，初涼時候像一塊玉石的寒潤舒服。

麥可。

我娘刻意避不見面。我們少有共同醒著的時候，她鎖在房裡，我喑默的立在房門口，讓影子溜進去說，只有千年做賊沒有千年防賊的，躲得過一時躲不過一世，該我的就給我。

後院我爹的曼陀羅開花了，黑夜裡嘔吐一條條瑩白。

我勉強去一趟醫院，我爹睡得很沉，烏黑嘴唇一道道的裂，我守著其間抽出黴灰毛絲。

白日的光漸漸傾斜，慢了又慢。

我在滿天晚霞紅光裡回到家。她在廚房洗碗，緩緩的以肉指旋著兩隻碟子一隻碗的裡，發出澀澀摩擦聲，沖水，滴乾，收進碗櫥。再擰乾菜瓜布與抹布，披在水龍頭上。餐桌上一盤雪裡紅一盤燉筍乾冒著酸氣。一隻油腥蟑螂若有所思的遊移過地上。

很小的時候她叫我小五，縫做衣衫時給我針線與一塊碎布，噠噠噠好充實的裁縫車踩動的音效，一下午我一聲不出的縫著，扯直線放口中舔濕咬斷，學她疊著腿翹蘭花指而三分側臉笑著露齒咬斷棉線，雙唇紅潤而齒如編貝。成了，我嘆了口氣，放下針線布。一抬頭，她伏在裁縫車上貓窺伺鼠似笑非笑的盯著我，小五。

她雙手擦著下襬，轉身，眊眊的看地，那麼黑瘦的一副衣架，那麼像麥可骨稜稜的兩條雀鳥腳。

兩腿叉開，之後有大祕密。羊水滴滲，鉗出頭下腳上的肉塊活物，然後有大苦難大災難。

災難開口，我也不想煩你，該我的那一份我們找律師代書儘快辦辦，大家阿沙力，你也落得清淨。

我好心提醒你，中華民國的遺產稅課得可重。我要的不多，我爹該給我的我拿，多的我也不要，這點骨氣我還有。

她總算抬起頭，鷹眼尖鉤嘴。

你一身骨頭幾兩重我會不知道，那來的骨氣？

那你究竟想怎樣？一個人獨吞？想得太美了。你究竟想怎樣？也不照照鏡子還有幾年，難道還想包男人。

到底給是不給？

等我死你再看我留不留一塊錢給你。

我告訴自己小五靜下來靜下來。我拿起牆角一罐滅蚊殺蟲劑，按著噴頭就噴桌上那兩盤剩菜，衝力激起菜餚濺了一桌一地。我大聲說，屋裡那麼多蟑螂你瞎了嗎？

白茫茫的霧有一絲甜味，她靠著流理檯，背往後傾，一樣的鷹眼尖鉤嘴。

到底給不給？

噴頭在空中畫著流麗的S。右食指下死勁的按著，起了漫天大霧，我將噴頭正正對準她。

咳嗆聲中，她身體往下溜，坐到地上，兩腿張開，一盆黑稠污水汩汩的淹了一地，然後一頭小獸毛茸茸濕淋淋的給擠出來。

我噴牠，回去回去。

我伸手一抓，一叢毛物，細看是一頂假髮，茫霧浮沉裡好像是一顆鬼首級。

茫霧裡她現出原形，她雙手掩臉，一頭稀疏灰白髮蓋不住那頭皮。

小五，我聽見有人叫，一腳踩上硬而老韌的一團肉骨，喀嚓一聲不知是不是膝關節的響聲。

好像院子裡我爹把一盆水當頭淋下，一隻出水上岸的蛤蟆油光水滑嘻嘻的看我看著他。

小五。啪啦啪啦我放生那一張張紙紙上一字字在那足以掀翻頭皮的強風裡，大笑滾進麥可懷裡，不可能更開心了，我拉起他的T恤，臉埋進那暖實有著充足太陽香氣的腹部，心如蝴蝶。

或是粉藍色泳池裡，我們努力的吻，對天發誓我多愛臍而上屬靈的電流觸動，粉藍水中都是太陽影子，溫暖的拍擊潔白的瓷磚壁是那麼溫柔。

還是那無邊無底的暗黑，鐵鍊門簾的冷脆砰響，作為爬蟲類的我必須忍辱承受一切以期修得正果。

喔那骨皮肉相連相生的夏天，我們的夏天。臉上罩黑布還是知道那蒸熟無孔不入的熱力與粉燥。我再也沒流過那麼多的汗與體液，太陽下每一天蛻去一層皮，而夜裡取出全副骨骸睡覺。冰藍與火紅。最赤的夏好像烈燄焚身，放進窯裡燒烤。

離開台北前一日，妮奇陪我坐一天的公車到處亂逛。我們坐最後一排座椅，顛簸震著妮奇就流下一行鮮紅鼻血，我捧著他的頭放我膝上，血止住了又靜靜的流淚。

快午夜才去閣樓，過馬路還差一步上紅磚道，身後吱的輪胎咬地拖出慘刺長音，緊接著悶悶的在空中快打了兩拳，回頭看，兩具人體在大風裡幾乎是馬戲團愉悅的彈向半空，那年輕無敵的頭身腰腹手腳如此美麗不可方物的飄著，如花綻放的張開，抗逆地心引力的美麗停格，與天纏綿接吻嗎，然後蛆般沒有聲息的掉落，碎紛紛的掉，濺上我們的唇。

舌尖一舔，花瓣的粉而苦。

滿地瞬間爬著蠕蠕的蛆。

空空黑黑的街吹著大大涼涼的風。

要趕快，不然來不及，閣樓午夜開天窗，好像宇宙的大祕密也打開呢，我也被打開了，阿良我只告訴你，我的身體打開了就像一只寶盒。從今以後我就要帶著這只寶盒闖天下。

初夏。我敲門喊他。久久沒有應答。

我開門進去，客廳乾淨空洞得只剩一套沙發，坐下恐怕就有屍水滲出。

夏夜暗得很慢很慢，然而黃昏確實過去了，後院吹噓進來的風好陰涼好滄桑，磨石子地都是塵沙，一走動就滿屋子灰黑影子。

活死人墓。

我記得那個房間是初夏的娘的，房門開著，床上隱約側躺一個人影，臉朝外，腳弓著。
我摸到牆上的開關一撥，昏昏的大約是十燭的燈。
足以照見那膠凍一樣的兩顆眼睛。
大太陽下死去的魚眼。
初夏。

美少女夢工廠

不約而同都穿一身黑。

也不約而同的想到啊這是阿曼達的第一次，所以除魅的各搭配一些紅以爲建設性的破壞，紅腰帶，紅絲巾，紅寶石，紅唇膏，斜掛湘繡紅包包。袖管在肘彎如地震裂縫，露出桃紅肌理。

同桌另有乍看似是一男一女，女的養著觸肩長髮，轉過臉，唇上蓄著國父鬍子。

兩人哼聲開講。阿曼達這賤人，你不得不承認，辦事末流，但政治手腕一流，史東讓她釣金龜成功，有了老公靠山，以後更不怕被扳倒。反正什麼人玩什麼鳥。知不知道那笑話，她連ＩＴ是哪兩個英文字、保本型外幣定存是啥都不懂。哼。狗屁總監，case來了，開始煲電話粥，到處A點子，餿的臭的弄成個大拼盤，變成是她的，提案講得口沫橫飛，有幾次就跟原創人撞衫啦，臉都不紅一下。Holy shit. 這招屌。所以你說那需要什麼實力，懂得快速卡位，就有了資源，然後臉皮厚一點，心黑一點，無往不利。這樣講太cynical。你知道她爲什麼離開凱器，老康嫌她膚淺沒料，要她自己滾，不然就fire。只好自己乖乖走囉，還到處放話老康六點半了不行啦，先走先贏。

芝芝，削薄西裝頭脂粉不施，蒙一層Marlboro菸味，倚靠過去。

你們說的是新娘子？她以前跟我在一起不是這樣的，一跟男人混，過了滿身濁氣就被帶壞了。

仙仙軟語像啤酒推銷女郎，人家說的有一點沒錯，史東那痞子是爲什麼跟他上個老婆ㄘㄟ的，都差點鬧上報紙成醜聞，她小姐還接棒當敢死隊。你怪誰？

芝芝一瞪眼，扯了仙仙一把頭髮。哎喲。

威利接口，你難道不知道史東綽號，白癡造句法，我昨晚吃壞肚子，拉「屎咚」的好大聲掉進馬桶。

笑成一團，圍著半張圓桌湧起黑色波浪。

兩男警戒的啞默著。

豔兒塗銀燦眼影，無畏盯著國父鬍子養得實在精緻，便問，你們兩個可能是一對？

聽不出是預言或是肯定，又是一排十四隻眼睛七張利嘴，兩男輕脆放下仿象牙筷子，起身離席，高矮懸殊，若一僧一道。

戴安垂下頭幾乎觸著肚臍，嗡嗡的唉嘆，白髮從頂心竄生愈來愈多呢，你們看，染一次只能掩蓋一個月，染多了又怕化學藥劑侵入大腦，老了癡呆症怎麼辦。

艾茉莉皮包中翻攪找出一藥瓶，桌上一蹬，叫你每天一粒深海魚油一粒維他命E，講多久了死不聽，賺那麼多準備帶進棺材裡嗎？

頭好痛好痛，醫生又說不是偏頭痛；冷熱換季就全身癢，癢得睡不著，診斷是心因性的神經系統的毛病，都無藥可醫。我小姑拉我投資開了安親班，才半年就虧了幾百萬，天天跑三點半，我婆婆以死要脅求我收拾爛攤子，我公司已經快忙昏了，她們母女一天打三十通電話奪命連環扣，我大叫再打再打我跳樓死給你們看。

樂團中西合璧，電子琴、MIDI、琵琶、揚琴、二胡，細聽辨出在演奏瑪丹娜的芭拉歌〈宛如處女〉。

新娘金蔥布裹身，手臂纏珍珠鍊，新郎白西裝，腳上尖頭蛇皮馬靴，背後看不出年齡，都是金漆托盤上的錦繡人偶。

貴賓致詞，靜水深流講起故事，說那國王逃回宮中，召集文武百官討論，結果大家都想不出答案。侍衛長說，貧民窟有一位巫婆知識淵博，應該知道答案。巫婆被請到宮中，她說答案我知道，不過我有交換條件，要侍衛長娶我爲妻。國王當然一口答應了。巫婆的答案是，女人眞正要的是，自己決定自己的生活方式。國王帶著答案去找巨龍，要贖回自己的靈魂，巨龍聽了答案，稱讚國王是全世界最聰明的男人。婚禮當天，老醜的巫婆在喜宴上不僅吃相難看，還大聲放屁。但進了洞房，換下白色禮服，居然是位絕色性感美女。她對侍衛長說，因爲你信守承諾，而且容忍我在喜宴中放肆，我決定往後每一天有十二小時變成超級溫柔美女陪伴你，看你是要我在白天變美女，還是晚上變美女。年輕英俊的侍衛長頓時陷入兩難。想了半天，他說，你自己決定吧。巫婆聽了很高興，說，由於你的包容與智慧，我決定天天二十四小時變成一個有教養的溫柔美女陪伴你照顧你。

這個故事給我們的幾個啓示，一，要信守承諾。二，雖然未經你的同意，但主管幫你承諾的事情還是要盡力完成。三，讓女人自己決定她的生活方式。四，也是最重要的一點，不管如何裝扮或改變，女人的內在本質還是一個巫婆。

一個痞子衝上台搶過麥克風，操著現在已經罕聞的北方漢子侉腔，我也要爲新郎倌講句公道話，每個男人無論再怎麼壞，內心本質還是一個唐三藏。不過我自己是孫悟空。

金裝阿曼達轉身，帶著勝利微笑揮手，眼光掃到她，俏皮一眨眼，芝芝吹了聲響亮口哨。

只有她知道禮服裡的肚子藏有三個月的胎兒。她向阿曼達擺手，食指突然涼痛給那嬰兒咬斷了一節。

與阿曼達是小手牽小手的死黨，一個奸巧一個駑鈍，她記得那時還不懂的貪婪眼神，閃著光芒，阿曼達皇后口吻命令她，給我穿一下，給我用一下，給我吃一口。滾蕾絲的新襪子，繡花手帕，香水鉛筆，星星小孩鉛筆盒、髮夾與膠亮包包。被帶到腐腥防火巷，阿曼達說，脫下來，她無法拒絕說不，護著胸蹲下去脫鞋襪。東西還回來時，帶著累累傷痕鹹鹹體味，令她好惆悵。鉛筆剩一小截；才上腳的新襪子，腳趾處磨破一個大洞，脆弱的蕾絲綻裂；米老鼠手錶錶殼一道白翳。母親責罵你怎麼用東西這麼傷一點都不愛惜。阿曼達旁邊聽了勝利微笑一如今日，附耳說你媽好笨。她鼓起勇氣兩手一推推開阿曼達，阿曼達只後退一步，眼裡烘的有了綠熒熒的火。

再沒有那樣的勇氣。下了課，阿曼達拉著她返家。廳堂黑沉沉，地上橫臥兩張凳子架一床薄板，端正仰躺著阿曼達祖母，腳前點一根燭火。

阿曼達在床邊抿著一絲笑向她招手，一隻手去撫摸捏捏祖母的臉。走近，那還粉粉的臉容，兩邊赤金耳環，眼睛沒閉緊，微露一縫毛毛蟲的纖足還在抽動游移，薄利嘴唇像喝了口豬血。再近一步，寒氣刺來。

你看我阿嬤的玉鐲，拿不下來，跟著埋地下好可惜。

阿曼達鬆手，祖母的手扣嗟墜跌敲了床板。燭燄躥高。

你以爲聰明美麗，理應擁有許多許多。若還沒有到手，必定是這世界虧欠於你，你何妨大方的伸手就拿就搶就要。像個盜墓賊。

大世界與你美麗的辯證。阿曼達歸還麗卡娃娃，她抖懼的掀開幾天不見變得好老朽的絨毛裙子，襯裡被割裂一條條，原本光潔膠腿也鏤劃一條條，小褲褲裡肚子被某種利刃削薄到一層纖維。她小心的按，還是啵一指戳進麗卡娃娃肚子裡雖然空蕩蕩。

她以爲有蛆血噴射進眼裡。從此有了眨眼與乾渴的習慣。

尋訪勇氣與解脫之必要，看完聖經讀佛經，沙崙玫瑰與般若波羅蜜難以取捨。然而阿曼達的臉是那樣光潔以致動人，笑出一顆顆整齊白牙，玫瑰與香精同樣昂貴誘惑，她不能說借與還的虛空循環，也說不出物質與精神是共享一個大腦卻各有心臟手腳的連體嬰，但你貪得這麼眞這麼熱烈，有如一顆孔雀膽。聽見心跳，還要還要，還要更多，更多。

塵世無塵，人的一切將來都會像你的祖母躺下，幸運的得以仰臉向天空。她筒在手中的某某慈善團體消災祈福兼募款大會傳單就是拿不出。

仙仙方才最晚入席，許久未曾笑得如此燦爛，開除人都沒這樣高興。豔兒國粵語交雜追問，睇到了，一個肥仔送你來到門口，點解沒跟進來，嗨邊個？

坐下來，圓杜帘幔陰影裡，唇齒間有藍火，頸動脈一隻血掌印繞到頸椎去。仙仙在電台做深夜節目，有一人幾乎晚晚叩應，她先行過濾，憑職業敏感判斷是不是偏執狂或神經病，然後請對方HOLD住在線上，一點紅指示燈蚊子血抹在瞳孔。很普通的聲音，有幾次像嚼著口香糖或檳榔，渣巴渣巴，她敲敲話筒，喂你台客啊。也就攀談起來，是他起的頭，說了個故事給她聽。他中學夜讀養成聽收音機的習慣，那時有個最紅的女主持人，很迷人很氣質的聲音，音質一如深山明月流泉。傳說有個男聽眾，因聲戀人，不能自拔，逐夜錄下她的講話。有一天，主持人雜誌上曝光，登出與丈夫子女全家福照片，戀聲男美夢破滅，當夜將數年錄下珍藏錄音帶全數投入碧潭，一人橋上徘徊至天明。

又說了個兩個通車族少男少女，每日早班車同一車廂裡兩人含情脈脈，從不交談，夏天偶爾有晨霧濛濛。終於有一天少女的女同學出現了，一路躁亂的與她比手語，少女就是垂頭不應，下車時才看見她蒼白臉上的淚痕。她是啞吧。此後早班車再沒有她的身影。

故事三……。

那個默默純情的黃金時代一逝不復返矣。

一如玻璃瓶盛滿水深埋凍箱，水結冰若心房擴大而瓶身撐裂。

仙仙覺得從頭頂叮的一聲裂開。

再接他的叩應時，居然手發抖。

畢竟都是凡俗之人，他送玫瑰花與金箔紙包巧克力甜得鑽牙，更直通通問日本人還流行送白色巧克力怎麼回事，你要不要我也送。

一再打破職業戒律，節目快結束，他電話進來，說在大樓門口等。她可以避開，應該避開，然而沒有，破戒與犯罪一樣甜美。

熱天深夜，帶著體溫的濕涼。電波發射的箭鏃在黑夜空中無止無倦的咻咻著。

憑弔似的駛去碧潭，橋與潭岸在整修，一如兩人，熟悉感覺卻又是陌生人。

空中張開的蛛網，何其顯眼，不繞開而闖入，是不能還是不願避開。

宿命冤孽，都是怠惰之詞。

因爲我們多心而少智慧。

他潮黏大手與大餅臉很肉慾，也很眞實，迂迴駛到山上吃家傳祕方藥酒燉雞，他勸多吃點明天上廁所就知道奧妙體內毒素全屙出來神清氣爽。話裡像有什麼弦外之音。夜半被雄渾鼾聲吵醒，隱忍代替厭憎，平靜躺著探測自己包容的極限。他翻身，鼾聲中斷，稍後徐徐又起，從異鄉開往異鄉的列車，透出燈光果凍盈黃。那如同樟腦丸味道的安穩。

晾起他換洗的內衣褲，晴天裡，寬大好比降落傘。內衣領口總滴著油漬。

一夜，大樓跳電，熱醒，他汗淋淋起身，像塊油炸雞排，那在暗中行走熊一樣的體形輪廓讓她一驚。等他又睡了，她去探他的鼻息，摸他的臉與髮，確定兩人不是一覺凌空一邊就跳到了老年期。不過，也差不了多少。

鼾聲催眠，如此鑽進蛹裡的時日，仙仙想知道可以維持多久。

阿曼達換一身火紅敬酒，芝芝眼前飛舞一頭頂的蝴蝶。黑蝴蝶。

火蝴蝶。那一袋粉紅酒精尖嘴吡著火苗朝她飛來，時間停格，物質有其意志，在她右肩胛炸開，陰涼毒辣的澆了半片身體，下一瞬，她成了火窟與火柱。丹尼他在旁邊號叫蹦跳。奇怪那一刻並不疼痛。

肇禍的餐廳工讀生來病床前下跪，驚惶如小白兔。

芝芝揮一揮幸好完整無傷的左手，要他走。

要丹尼也走，討厭看他那麼大個兒也是驚惶無辜的一雙眼。火吻處生滿了綠膿桿菌，推她進手術房水療，電動門一開，鬼哭神號悽厲傳來，丹尼的臉扭曲發白，她要他快走。

太平盛世裡，丹尼是那麼溫柔潔淨的男子，做愛前後儀式般洗澡噴香水，做時賣力，腴白且柔軟。

丹尼比芝芝聰明，芝芝比丹尼粗糙。然而淚腺發達的是丹尼，舞的節拍準確的也是丹尼。

共吃一盆田園沙拉，她嚼得牛吃草的好大聲。他蘭花指拈起一葉苜蓿。食量也比他大。他核對計步器，不行不行今天運動量不夠澱粉攝取量得減半。

看到約翰．葛利亞諾的海盜造型，興奮大叫的是他。

抱起她宮廷華爾滋的旋轉，撐不住重量，兩人一起跌下。

最後是你獨自一人。最後。

她孤身飛去熱帶一觀光小島，行前做了功課，找到天體海灘，進行日光療法。深埋在那隱形而甸甸的金沙金粉下，那麼多怪異的身體，行走的性器，鬆弛的乳房，難聞的氣味。一個老嬉皮，胸背藍黑刺青，平視她一會兒，和善微笑。

芝芝想著被火舔噬處，時間是什麼，皮肉就是什麼，是奔騰的永恆動態，也就是水面漾盪的突然凝固。

於千萬人之中，獨我被火紋身。是上帝不管是那個宗教的烙印，一如牲畜爲人所烙印。

人蛆裡有聲音捉弄喊，脫鞋脫鞋，以鞋代杯，敬酒。另個聲音喝斥，喂民國幾年了，還搞這種的。

威利與豔兒留著精美菜單研究，「白頭偕老」，冬菇香菇冬筍；才上的「龍鳳呈祥」，一隻長鬚龍蝦殼伴著鳳梨蝦球。「強棒出擊」，則是青花盤顫溜溜盛著油亮大烏參，很有男性示威的意思。

品味滿紙琳瑯的吉祥字，兩張精細描繪的彩臉抬起，瞇眼嚴厲的追蹤那一團紅火，胸口大聲說，你不配實在不配。

兩人交頸鳥的互遞訊息。有時我很懷疑女人是否婆婆媽媽千萬年被奴役太久，內化成爲集體人格的一部分，即使有幸翻身掌權當了主管，還就是小媳婦心態，嘴碎耳根軟小心眼，算計再算計。她要我去幫她忙，嘴巴多甜，呵還以爲是給我 favor 看得起我，我又不是頭殼壞掉，去她底下做事。就像那句話，在美國，千萬不要發賤找中國人老闆。你知道我意思。

招待安排插入晚到的三個老太太老先生賀客，整張桌子立即地陷東南的不平衡，銀灰髮相當大氣，我們都安排好了，下星期飛上海，我公公以前蓋的房子眞是漂亮，萬幸還完好無缺，沒給紅衛兵毀了，我們地契相關文件保存了半世紀，就差幾道手續買回來，了一樁心願。北京就不去了，光那隨地吐痰壞習慣我就受不了。明年 schedule 變一下，美西先不去，夏天去美東，我們幾個大學同學呢都成對，到齊了，去搭一次豪華遊輪上去加拿大格陵蘭。健保挺重要，你辦了沒，千萬不可以斷，保費叫你兒子辦銀行自動轉賬，方便極了。

艾茉莉默默承受史東的眼光。

蜜甜而銳利，一頭蜂嗡嗡探進花蕚裡。

艾茉莉咬禿了指甲。也許是史東額上尖翹的一撮髮，也許是他蛇皮靴子的尖頭。

微陰下午，電視機開著響，沒人看，她母親貓在沙發上剪腳趾甲，頭也不抬告訴阿嬤與她，你老父死了。

艾茉莉捧一桶冰淇淋挖著吃，鼻腔裡嗯一聲，好像電視劇。

講起嘛是可憐，破病兩三年，又青瞑，大某跟後生無啥願意睬伊，可能剩無多少錢，請一個看護在照顧。老陳去看伊，瘦得剩一把骨，哭得悽慘。哭啥，匪類一世人，享受一世人，可以了。

無所謂死或活，離開或留下，那就是父者的感覺。他在香港新加坡馬尼拉雅加達大阪都有事業有房子有固定女人像她母親。三言兩語就勾勒出一則傳奇，艾茉莉則是個意外。

艾茉莉記得的候鳥父親，始於機場。高大威猛的一把接過抱著她，目光灼灼的鑑賞也是確認。血濃於水，她好開心摟著嘖吻他臉。他笑問母親，這麼小你就傳授她這些招數，啊？

一如小獸以乳汁認母以氣味識父，他的髮油，臉上脂油，手指煙熏，每日一瓶約翰走路，兩眼矇矇。母親蜷身翹臀暘在他大腿上，要她跳支舞唱首歌餘興。

父親餵她一口酒，她眉也沒皺一下，咂咂嘴。好，虎父無犬女，架著她腋下騰起。她踩著他的小腹，知道父親的重量與實在。

買給她娃娃屋玩具，收拾妥是一大箱。她提著，跟他親嘴說拜拜。

微灰早晨，在窗玻璃上劃著，雲層飛機有如蚊蠅。

因信仰得永生，因分別得到自身。

因愛得虛無。愛父親嗎？很難很難回答。什麼是愛。

母親總是將話筒遞給她，要她叫爸爸。有沒有乖，有沒有長高，有沒有更漂亮，靚女。

母親耳語她複述，爸爸不可以泡妞。

母親半夜大醉給一個陌生男子架進屋，嘔吐，脫剩奶罩三角褲的發酒瘋，男子不離不棄服侍了通宵。離去時喚她小妹妹給了張千元鈔。

電話響，母親殘敗著臉，接了就罵，幹你娘死港仔新聞看不懂是不台灣股市崩盤全世界就你不知道錢給不給一句話一百萬才多少塞你屁眼都嫌不夠你大老婆兒子女兒送英國貴族學校小老婆女兒讀市立國小連學費都沒著落你良心給狗吃了還是給英女皇拐了。電話崩的給砸地下。

父親最後一次出現，母親請了阿嬤從鄉下上來，耳朵鉤著赤金耳環，提兩麻袋的醃菜蘿蔔乾麻油豆腐乳紅心番薯。

紅霞似水的黃昏，阿嬤燒一桌菜，吃得熱騰騰，母親剝蝦，一尾尾紅燙的放進父親碗裡疊得尖了。

多謝哂，夠了夠了，父親說，夾起一尾分到她碗裡。他吃得慢而享受，腮邊一條浮筋隨著咀嚼牽動。

黎明前她突然醒來，咬著唇看他拊胸，頭臉漲如紅柿，齒縫嘶氣很想說什麼。咿、噁。以為在作噩夢。艾茉莉記得他巨大一墩慢慢慢慢坍塌在她身上，口水滴她臉，她尖叫推開，推不開，一條豬公趴下來。必定是在作噩夢，屋子採光極好，一長排的大窗，晨光與晚霞血海深仇，母親與阿嬤拿著一筒衛得浣濕巾，抽出一張又一張，命令她去蓋著他的口鼻。蓋著蓋著，再一張，快、快。她們則合力按著他掙扎抽搐的手腳，直到他沒了呼吸，方肥大臉漲成醬紫色。母女凸瞪眼睛，咯咯狂喜，供桌的燈紅紅照著，阿嬤一把扯斷父親脖子上的粗金鍊條，張口喘大氣。

血霞潑浸一頭一身，三人圍著地上男身，輕盈舞著，拍手，轉圈。美麗新世界。

艾茉莉此後每逢天陰低階的日子，就有血的渴望。

死時總是獨自一人。

大老婆飛來將父親接回去。母親電話姊姊淘哭訴，請四個保鏢多高強兩個負責扛人兩個提防我會擋路派頭多大咧駛伊娘掛一支香奈兒黑目鏡正眼都不看我一下。

第二天放學返家，父親的衣物鞋襪照片被剪得碎碎爛丟一屋。

工讀認識傑洛米，第一眼，覺得兩腿腹裡溫柔飽滿，所以很快決定給他。沒有畏怯沒有害羞，只覺得冰涼躺下，給火熱撬開。此後終生得著傑洛米性感迷人的眼睛。母親賞她一巴掌，半邊頭熱辣聾了，她手口並用打罵，你姪不見笑我飼你這大漢是給查甫人玩免錢的這呢姪愛人幹我早知賣你去倒著賺我較快活你穿這啥學生人你穿這啥。

牛仔褲兩條褲管正面剪開到大腿根，緄茸茸假狐毛，走動露出黑網襪。阿母剪刀給我。母親將她所有衣服都剪了，讓她出不了門，阿嬤負責監視。

她穿小女生的白棉內衣，看著阿嬤膝上堆一塊紫紅綢，雙手巧勁的做盤扣。她好奇問，阿嬤答入棺材時要穿的。

阿嬤上來同住都有七八年了，背愈來愈駝，幽靈一樣無聲無息的煮飯洗衣抽菸，每幾個月南下返鄉一趟，再來時烘烘太陽味，有些酸餿，坐在小板凳攤一地舊報紙塑膠袋窸窸窣窣，自言自語，鹹菜嘛死囉，舊年給勾去兩個，阿儉阿好，再來不知輪著誰人。

艾茉莉突然覺得夠了，九七回歸大典，看電視轉播，她想或許人叢中可以認出父親，五星旗冉冉上升，不對不對，他死在好多年前的血紅黎明。

喀嚓她自己剪一刀，髮渣掉下。阿嬤放下針線，多年來第一次抬頭看她，那兩眼睫毛倒插，總是濕爛。

突然清醒而且滿滿的力氣，就像見到傑洛米，阿曼達陰陰的掩著臉笑，伸長手遞給她一張千元鈔，去買束紅玫瑰，長莖的，進口的，就說是你自己送他的。粉紅霞光中，一臉一背的汗捧進傑洛米房間，身體冰涼。

艾茉莉魂靈出竅的清醒。夾在兩個老女人中活了許久許久，一如埋在阿嬤的醬缸裡。母親開始搜她的衣櫃穿她的衣服，她看著只覺得累。夠了，可以了。

她起身，打開大門，赤腳精靈般走出去。

戴安還是喊痛，該睡覺想睡覺可是一躺下氣就上來，自我檢查，摸著怎麼有硬塊，天啊會不會是乳癌，趕緊坐捷運去關渡檢查。當初發3G執照，內線消息只核准三家，股價直升百元俱樂部，母子財迷心竅，解了定存都去搶購股條，以爲搶到了金條，我勸我分析股條沒法律效力沒保障，不要飛蛾撲火，不聽還罵我烏鴉嘴，結果一公布，何止三家，通通有獎，一夕間股條變擻條，爛攤子全丟給我收拾。我宋七力還是清海無上師嗎，他們全家老小就非把我榨乾逼瘋不會罷手。

銀髮老太太說，大器晚嘉住Great Neck，老汪住East Hampton，都在長島，老汪新外號是拉法葉，他自己取的呢，笑死了老頑童。蔣夫人住過的蝗蟲谷離大器晚嘉家不遠，夫妻倆騷包，駕Lexus，十月樹葉顏色層次豐富也最美，天空藍得滴油，有時車子開過去就紛紛掉下像一陣大雨，車子一直開，我錯覺就會開進一個夢幻天堂，當下流出歡喜的淚水。

她聽得癡了，一剎那以爲夢幻天堂就在眼前，兩脅呼呼長出翅膀，伸手去接那淚滾落成珍珠。

她抽出一張隨身包衛生紙，給了老太太，摘下雙焦眼鏡，鏡片上爬著一隻綠金昆蟲。老太太無聲的唸著什麼，厚墩的手一揮，蟲子飛去。雙方會心一笑。

會場那頭起了騷動，叫嚷笑鬧像噴泉一柱柱的湧高，百無聊賴的望去，卻看見那三層豪華大吊燈嘩啦啦搖晃，地震。

七人的座椅天體星宿一般也搖了搖，震波從臀部往內裡往上半身躥，不是聖靈受孕，卻或柔軟或硬殼的痂應聲迸裂，七人卻自以爲是揭開生命之桶的封印。

桶中寶血葡萄酒，酸醋，豆渣，或蛇蠍蟾蜍乾福馬林嬰屍。

不等甜點上桌，她們找著阿曼達道別，輪流擁抱香臉頰，耳語著要幸福喔。咯咯笑了。

露肩禮服讓新嫁娘撒銀粉的白纖雙手臂一字肩如同蠕蠕一條蛇。笑得有點累，眼角有細紋。

艾茉莉狹長眼若狐，不小心一揚手將殘酒潑在史東象牙白褲腳，無人注意到。

芝芝凝視阿曼達自始的勝利笑容，嘴角綻出笑紋，輕聲啐道，What a bitch.

威利豔兒一併流下淚。

她才注意到阿曼達手腕終得到阿嬤的玉鐲。

七人一群烏鴉似的到了屋外，曠遠處仍有超高樓在建，據說迄今是亞太首一，每數十層則有弧壁外張一次，形若花開富貴，節節高升。爲防制海島處於大陸板塊容易推擠衝突的地震帶，建築中心裝置六百噸鋼筋混凝土巨大球體，術語曰阻尼器，狀若子宮，來日大難，消弭震波於無形無色無味中。

仙仙說從她住處看，正巧每月一次的滿月在超高樓背後升起，一如在爬雲梯。威利噌聲，都市惡勢力惡地形的陽具崇拜，我要抵制，絕對不進去，萬一走錯或昏頭進去了，也絕不消費。

超高樓夜夜已經亮起一長串通天的精白燈粒，外星異獸的濕卵疊生，巴洛克式繁殖奇觀。

等候百花聖母複眼母獸彌賽亞的降臨。

溫暖甜膩的大風，不知所從來，不知何所去，她們的影子很小很小。

色難

飛行途中，離上帝比較近，因此心比較柔軟。

那年的十一或十二月，在日本成田機場過境，有兩個小時空檔。免稅店一片應景聖誕商品，甚無聊也無趣，我便找個僻靜角落坐下看書。我以為傍著上帝腳邊飛了十幾個鐘頭，也就多得了一分智慧。

曾在報上讀過一篇文章，作者形容在深夜的機場看著巨大的班機表，起飛抵達誤點登機中，每一格啪啪啪的翻動更新著，空中颳起一陣命運的風，清涼有勁。

這陣風，總是吹得人瞇眼，魂不守舍。

她早衰的神態讓我乍看就吃了一驚。

笑起來卻極有親和力，講話聲音透著一股滄桑後的澄靜質地，引人鬆弛入睡。

我一下子戒備心高張，提防她可能是某類智慧型跨國罪犯，或反全球化激進地下組織的成員，有好幾本護照與身分周遊世界各機場交易串連。

她說十幾年沒回過國。隨風而來的鄉愁是最好的防腐劑，讓過往一切保存全屍。

過去更像是以灰燼掩蓋的炭火，冒然攪動了，添上新的感情的柴薪，小心旺得燎了眉髮燒了手。

過去不等於記憶，不是只有記憶。人在橋上過，橋在水中流。

記憶究竟是現在的渣滓或者化石，還是精美的靈魂。

曾在北歐待了兩年，一次兩輛車結伴出遊，突然颳起暴風雪，瞬間伸手不見五指。一車打開隨身電腦連上衛星導航器，化險為夷，從鬼域的茫茫雪地裡慢慢的平安歸家。

我以為記憶處理不當若那次迷路又沒有衛星導航器，其慘烈可能至此。

一人一口氣，不能讓渡，不可轉換，也不是心臟移植；各自得各自的。

我很恐怖的發現她的目光如夢如癡早已射穿我，射穿落地玻璃窗，直達停機坪。

冬日才下午四點，已經殘陽似血，令人胸悶。

Bon voyage. 她最後說，起身蹣跚的走向登機門，僵直性脊椎炎那般駝背，我直覺是某種內在的長年悲傷或抑鬱壓彎了。

她走向一位高大蒼老眼珠灰藍的西方女子，立時又像個乖巧的小女孩。或許是因為高矮比例懸殊。

高個子溫柔的順順她頭髮，摟著她，交出登機證，進了空橋。

突然，離情的思緒征服了我。我說服自己她必然曾經進入我的睡夢。

飛機起飛後，我才注意到一本起了毛邊的黑色皮套筆記本遺落在她方才的座位。

我幾次想寄還給她，翻遍本子找不到姓名住址。其中雖然夾了許多籤條收據票根，無一不是被細心的剪撕去姓名住址重要資料。

就這樣，時日積累，她成了我行李的一部分。

休洗紅洗多紅色淡

——我的誘惑者，我的騙子，我的敵人，我的謀殺者，我不幸的根源，我喜悅的墳墓，我毀滅的深淵。

一輩子喜愛散步，甚至死前一刻也是在街上行走的齊克果是這樣寫給他的誘惑。

夏至日，諸神在微風輕陽裡打瞌睡的華盛頓廣場公園。

我每天每天做著齊克果，爲我的誘惑而走來。

赤腳在綠漆長椅上睡了一睡，被葉蔭像鴿糞在臉上一著驚醒。

張眼就看到智慧老女子一泓秋水的等著。

辛西雅，歛靜時，柚子般甸甸重。

年輕照片裡她一頭蓬鬆燃燒紅髮，豐潤大嘴，胸部高聳，是百老匯無線電城歌舞女郎。

跳康康舞，抬腿踢腿那結實的力量與節奏，可以將柏林圍牆或你們的長城踢出一個洞。

現在她腫著青藍靜脈的手小小的像垂萎了的花苞，拉起粉紅連身裙，兩個大饅頭膝蓋，敲一敲，喀啦喀啦，好心的跳舞精靈已經離開很久很久了。按按小腹，說這裡面也空虛了好久好久。空巢。

辛西雅，有一股霜涼氣息，借我的手去看看讀讀。

食指指尖劃過掌心，這麼亂，都是痛苦線，但是，孩子，也都是自尋煩惱線。

讓她握著，輕寒的，很舒服，像伸進古墓裡，忘記這是天乾物燥的六月。

我不舞已二十年，所以好想念跳舞的身體，那是與地心引力對抗的垂直線，充滿悲劇意識。舞讓我快樂，將身體拔起，自由，嘗到生命的狂喜。曾經羅琳問，海倫也問，他們與舞蹈，如果只能選一個，答案是什麼？我總說，不能選，也不必選，我要兩全，不要兩難。

因爲舞而得到愛。失去愛的時候，幸好還有舞。

你知道瑪莎，瑪莎葛蘭姆？她是我的英雄，我的女神。她的每一次演出我幾乎都沒錯過。「每個靈魂都是馬戲團」，多麼美的舞名。

羅琳就說我舞時像小丑多一些。

但我知道我只能上上她的課，在第五大道六十六號，離這裡很近。才兩堂課，我就放棄。我只是個粗鄙的歌舞女郎，成不了藝術家，但我一點都不悲哀。

男人一般是不懂舞的，他們眼中只有女性器官在蹦跳；少數懂的我看都是 fairy。

你以爲舞只是身體的釋放？

有一天我發覺十隻腳趾被釘在地上，全身很蠢很重，我哭了。

這都是二十年前的事了。

我縮起腿盤坐，辛西雅雞心領下的乳房徹底的鬆弛了，領口星散一片淺褐色老人斑。

你也來一根？她從手提袋掏出薄荷菸。

都說五、六月是曼哈坦最美麗的季節。華盛頓廣場公園的樹葉，互生對生輪生或三裂五裂七裂或羽狀複葉，棵棵茂盛到七分滿；所有的花也開過了第一回。苦於乾旱，廣場中央的噴水池被勒令閒置，成了一班非洲裔的雜耍舞台，一段焦炭屹立高處還是短小一截，橢圓頭顱咧嘴大喊：「醒來吧，紐約市！你們醒了嗎？」

因爲羽狀複葉特顯得綠蔭的多層次感與豐美的皀莢樹下，一支波希米亞風格的吉他樂團，燥烈的撥弦，張嘴就噴出濃濃啤酒味。稍遠，一個銀髮銀落腮鬍老男人一按錄音機，唱起〈Memory〉。風吹著他的鬍鬚飄飄然。

辛西雅咯咯的笑了，馬文這頭老熊；取出一元紙鈔，要我放進老男人倒放地上的巴拿馬帽裡。

呼的一陣風貼地將帽子吹走，馬文弓背追撿回來，跟我們眨眨眼，繼續唱。

靠吊人榆那邊的狗遊樂場裡，幸福的狗群正進行下午茶派對，相互嗅聞調情。

太平盛世一般的陽光，曬著讓人輕如蟬蛻的熱度。

敞陽草坪一片雪脂奶膚做日光浴，那棵高大豐盛的catalpa樹下，面朝下的覆臥著裹大衣脫了鞋襪的流浪漢睡死了。

一捧粉白的鐘形花摔下來。

我想靠著辛西雅再睡一睡，她脖子以下，淤積河口的爛泥。

她把燃著的菸遞給我，我也就抽了一口，濾嘴上有緋紅唇膏。

你比我更有一張舞者的臉，辛西雅說。

她摩挲我臉的手好像一張乾皺的梧桐葉。

我問，你有小孩嗎？

她搖頭。我是個失敗的舞者，傑西給過我一個而我沒有保住，是羅琳，喔不對是海倫喝醉了因爲妒嫉用剪刀刺自己的手，再拿貝殼檯燈砸我，踢我的肚子，推我滾下樓梯。那時住皇后區，地鐵軌道下，列車經過房子就地震，蟑螂掉出來。地鐵喀啷喀啷，我咕咚咕咚的滾下。是個男嬰，他的鬼魂跟了我兩年，很乖，有著傑西俊美的眼睛。所以我就去學裁縫，給小傑西做了很多的小衣服。養了一玻璃瓶的毛蜘蛛。海倫氣瘋了，這一次輪到我了拿起剪刀刺她，眞巧刺中了胸部。小衣服染了血，小傑西不喜歡，也就是結束的時候。

在一個關係了結之後與下一個關係開始之前，這之間的一個人才是馬戲團的眞正意思。馬戲團有高空走索與小丑，玩火把與盲眼擲飛刀，晴天的帳篷與肉食動物的糞便。

我常常都覺得曼哈坦是個大馬戲團。

馴獸師那樣將心訓練成只聽花腔女高音。

我這生沒去過美國以外的地方，羅琳曾經計畫帶我去巴西，伊帕尼馬來的女孩，哈。她祖母有好大的牧場，她彈很好的吉他，〈Aquas de Marco〉，三月的水，是她最拿手的曲子。

夏天的晚上，那時候那棵樹還沒這麼高大，catalpa，問過也查過植物圖鑑仍然不能確定是黃金樹或印第安金鏈花，八點了天還亮，水晶藍。

我好愛夏天的感覺，夏天的晚上全身浸在酒精裡，每個細胞是亮亮的眼睛。

星期日睡到中午，出門找一家有天井有玻璃窗的餐館，羅琳的黑髮永遠像才抹上橄欖油，白上衣在熱燙的太陽裡熏黃了，眼角的皺紋跑出來了，手臂上的汗毛下一秒鐘就燒起來。

盛年的星期日正午，西十街以南，人行道上的狗與樹與前夜的酒，台階上讀報或發呆，有那麼個恍惚瞬間，除了日光裡熟熟的風，沒有了任何聲響，但心意相通像電流。

愛過的人都在這狹長島上各自活著，像蚌裡的珍珠。

覺得都是熱與力量，很滿，所以喝酒跳舞做愛。

啊，享受人生也就是腐敗人生。

怎麼能想像有一天羅琳頭髮全掉光，割去美麗的乳房。

爲她也爲我自己穿上黑衣。一個生命裡我決定了就穿那一次，之後燒掉黑衣。

據說吉普賽人的喪禮是穿紅。

我很老了，很老而清醒，跳舞精靈離去後，我成了巫者。

一日一日的覺得關節的鏽，伸進生命的罐子抓一抓撥一撥，豁啦豁啦刺耳的響。

我來曬生命中最後的太陽，所剩不多，要珍惜。像木偶總得從箱子裡拿出來曬曬。

看那邊的懸吊木偶表演，現在登場的是粉白臉頰有淚滴的黑天使，那音樂令我心碎。你再幫我給她一塊錢。

一個人。那麼，馬戲團還在嗎？

你介意嗎我突然很想借你的腳再跳一次舞。

一片洋梧桐葉子掉下來。

辛西雅起身去拾，兩手按著膝蓋彎下腰，骨頭喀嚓一聲脆響。

公園裡所有的鐘錶的滴答被大手覆蓋，我仍然盤腿坐在長椅上，掌心有辛西雅土壤般微涼的腐香。

天地玄黃

那個曾經荒煙蔓草的深深庭院，白色牆壁附生著爬牆虎。

西南季風吹起，一牆綠粼粼，看著就解渴。

天氣轉寒冷之後，綠葉落光，根莖得以保命過冬。

枯細的枝梗一如掌紋亂竄，藏匿其中的四腳蛇現形，凍靜的，背上有翠金條紋。

淤陰而欲雨的下午，天光猶猶疑疑，半牆乾褐的根莖就像暗青胎記，從臉頰蔓延到脖子。

偶爾，風吞吐，天空一角一亮一滅，牆與庭院跟著一明一晦。

心一驚那胎記一樣的是上一個生命體的記憶殘餘。

院子裡長到膝蓋的野草。褲管給倒刺鉤上，赤著腳在台階上將之一個個的摘掉，向遠方廣闊的繁殖的夢，就此中止。

一根倒刺插進指腹，植物的復仇。

手指被溫柔的含進另一張嘴裡，吸吮。

眞正的遠方在視線之外。

帶著種籽的棉絮飛蚊症的眼翳飄了起來。

然而，放任庭院荒廢去到了遠方之後，時常懷想晴日發光的草地，或蒸著淡淡的煙與熱。

那將胳膊曬得發燙、讓貓睜不開眼的太陽。

在綠葉粼粼的白牆的蔽蔭下，全身乾燥，如同書頁與書頁、樹葉與樹葉的摩擦。

有一天，同時想到手指與嘴的誓約，知道白牆屋子不存在了，刺痛的記起某些春夏夜晚雜草裡與露水同眠的白色花朵。

●

我們都不是拜倫寫的，「那些……發現星球和逆風航行的人」。

上一次來碰上年底最後的一場大風雪，肆虐兩晝夜後，早晨的曼哈坦死靜潔白得像一座巨大墓園。

機場關閉，道路被車棄絕。

銅像結冰。

趁鏟雪車來之前，我走了半條街，亂想如果踩下去觸著了地雷。

那是從未有過的行走經驗，兩腿陷在雪裡，兩手臂爲了平衡張開前伸，要擁抱的姿勢，有點蠢。

大不了就跌在雪堆裡。

街角呼呼起了小小的龍捲風，颳亂雪光，好像玻璃杯空中炸碎。

眼前一花，你一頭黑髮被冷風撕扯滿天，唇上軟軟的茸毛，狐一樣的笑。

我立即轉身回去，維持著張臂像等待擁抱的蠢態。進房又睡。

在噹噹的暖氣聲醒來，兩腳冰凍，口裡乾渴。

積雪已推開，路面重現，幾個行人一隻隻烏鴉似的在雪的壕溝走過。

雙層的窗玻璃上有重疊的影子，肩背上長一大片紫青的皮膚，暗夜的垂涎。

離開就失去。就是這麼容易。

在自以爲是的想念裡，你對我是學壞了的腹語術。

這一次在夏天開始的時候回來，有那麼一刻，我以爲東村已經淪陷了，成了小日本的殖民地，聖馬可街都是他們開的店，拉麵，串燒，居酒屋，衣飾店，鞋店，超市。太陽眼鏡一副十塊美金，兩副十五塊。嘻哈風打扮的小日本，一嘴爛英文。

影子般走過鳥屎灰白地，六月的和風陽光，滿街的人都是去年的鬼。

將要暗暝時，景物開始起毛邊，走到Tompkin公園，在高大秀美的垂蔭樹下，吃蘑菇pizza佐啤酒，算是一頓晚餐。

黑欄杆裡的草叢閃著螢火蟲的光點，在黃昏的畫布上亂針繡。

低頭就近，讓那冷光黥面。微微的有份幸福的暖烘。

螢火一如初雪，稀疏的點到爲止。一下子，整個公園藍幽幽的溶著，我像微恙的精神病患那樣呆坐，任意識無節制的亂流。

直到自己也成爲一股藍色水流。

一片讓胃輕輕抽搐的藍光，那溫度，剛好。記得那年花季搽過嘴唇的藥黃花粉，現在突然閃爍著。

慢跑者的黑影滑過，我垂下頭，夾在雙股間，因爲眼淚的重量吧。

夏日黃昏，稠重的光，教人喜悅。

低盪、沒有意義沒有目的的時刻，從昨日的墓穴起身，沾著蟻酸與土的嗆味。

襤褸結著發芽的種子、乾扁的蛹殼、臭的卵。

你能分辨出混跡人群裡的聖者嗎？好像黑玫瑰，垃圾堆裡的清明智慧。

他的白牙白眼仁等著我向他告解，他的手指粗糙溫暖，堅定中有苦痛。

我謙畏抬頭與他面對，唯恐就會化爲烏有，如同葉子自樹上掉落。

擁有是什麼？我口中都還是你的味道。

存在是什麼？我越過東河去了布魯克林高地，在Promenade的長椅上曬正午煙迷迷的太陽，一個散發蜜香的老太婆，送我一朵小花並祝日安，要求讀我的掌紋。

我遲疑的要伸不伸的，她嘿嘿笑了，握住我四根手指說，懷疑有時是很毒的毒藥。

這麼好的天氣，你在猶豫什麼呢？老太婆問。

她一口太過整齊的假牙讓我害怕。

時間是什麼？我決定停留一個月，讓自己再老一些，皺紋與繭再多一些。

走在陳香飄漾的街，兩旁不高的住宅樓房，沿街種著sycamore或叫plane tree，也就是洋梧桐？鋸齒狀的綠葉摩擦天空的聲音取代人的聲音。

有間暗默的教堂，推開黑鐵欄杆門，扭轉黃銅門把，裡面清涼似神仙洞府，無人的白色祭壇，紫紅天鵝絨綴金線流蘇。

十字架非常性感，因爲上面有個裸體的男人。瑪丹娜如是說，褻瀆得眞好。

獸穴般的神龕供著側首聆聽的聖母瑪麗亞，我點燃她腳前一枝枝蠟燭，也就有了俗世的幻滅希望。光的浪潮虔誠的撲叩，眞是美麗。想喝一杯葡萄酒止止渴。

跪不跪下，懇不懇求，那不是我的問題。人的慾望比上帝還大還實際，比聖心還強還複雜。等著聖潔瑪麗亞流下血淚可好。

我們都有張開自身流下血淚的一刻。我們褻瀆自己嗎？

掌心爲燭燄燒紅。瘦金體的窗框著後院的紅磚牆與綠蔭，地上有涼寂的墓。

溫暖的嘴吻上苔泥的顱骨，一如我握筆寫字的現在。

能寫的就這麼多。唯願你能了解就好。

六宮粉黛無顏色

夢。婚禮前夕。

白紗禮服硬若鐵絲網，暈著濛濛的珠光；很艱難的穿上，十指劇痛，原來禮服上都是縫衣針。

露出一點緞面鞋尖，像隻白老鼠尾巴。

你轉頭，雙眉剃禿，臉上遍扎一排排銀針，張嘴連齒縫也插滿了。

針刺進了骨頭，刺穿了，晃一晃，蝴蝶標本。

你握拳，挺胸，殉難的意志拔長，令你壯大。我們置身的房間益發窄小。

下樓為你端一杯水。樓梯牆上的壁虎掉入手掌，慌亂轉圈，細嫩的膚觸。

踮腳從供桌上的紅塑膠高腳杯倒出浮滿香灰的水。

偷喝一口，滿嘴泥沙之感。桌上一張巨大的黑白照片瞪著我，我知道我錯了。

端著水顫巍巍的上樓，水不斷的灑出，樓梯突然就成了潺潺的銀河。

樓上涼風吹徹，四壁的窗敞開，窗外柚木迴廊與翹翹的飛簷間是一脈流水。

手指甲轉紫黑，緊緊握住一把黑玫瑰。婚紗被撕成拖把。

那次到你頂樓的房間，你母親離死很近了，你家將整層三樓隔離當病房，你父親在一二樓灑漂白水，在你母親門口以酒精燈咕嚕咕嚕煮白醋。

進門時，你父親穿著汗衫與及膝的泡鬆內褲，手戴粉紅膠皮手套，惡狠狠的盯著我。

我瞪回去，看他洗得薄又黃內褲裡隱約黑黑一包，終於他有點敵不過我的轉身。

我們對坐在床上默默的玩塔羅牌。

女祭司——智慧、孤獨。吊人——犧牲、沒有希望。力量。命運之輪。愚者——流浪、漫無目的。節制。魔術師——創造。星星。月亮。太陽。戀人——結合、分離。死神——結束、復活。隱者——探索。審判。惡魔——誘惑、重獲自由。

朝我的逆意思是給你的正意思，給我的正位置是以逆位置暗示你。

我們的路。繞過那一大叢刺竹林，有一座很老的墳，被踏成堅硬黃土，碑上的字只剩「太夫人」其餘風化不見了，向陽的山坡路，腳下平鋪著如海的番薯葉牽牛花，曬了一夏天就有了爛醉的味道。那年山頭架起了電塔，夏天過後，太陽變色，有一陣子空氣飄著臭味，腐餿到極點有了吸引力，驅使我們在星期六的下午往上爬。電塔旁架著很大一張如同蜘蛛絲的尼龍網，網上纏死著一隻隻鴿子與麻雀，有好幾隻已是乾屍。天上吹出魚鱗雲。山坡路有不變的風景，每天的太陽曬著我們的臉。路盡頭一棵好像菩提樹下養著雞鴨，半人高的柴堆上放著黃色膠鞋。我們又在一個星期六爬上山頂，書包裡帶著柴刀與剪刀，將那捕鳥網架拆了。高處入秋的風很強很乾，纏死網架上最大的一隻鴿子已爛掉大半，尼龍網倒地，牠的眼睛跳起，果醬裡的果粒那樣的眼珠。羽毛與蛆乘著風逃生去，一場漫天大雪。大風將我們的裙子吹得翻覆蓋住頭臉。

空中飛著一架客機。我們發誓將來一定要一起去到遙遠的地方。

山坡路開著棉布似的絲瓜花，之後絲瓜粗肥了，等風乾了，抓在手上，輕而粗，一搖，裡面的子碌碌響。

那時候你家的小院子種著一棵柚樹，大門上盤著軟枝黃蟬，花磚地上早晚灑水。廚房餐廳很大很通風，後院擺著一套白漆鐵桌椅，張著一朵帆布海灘傘。在餐桌上寫功課，你母親用日式漆盤端來餅乾汽水，最後取出結凍的養樂多，我們用小湯匙戳著冰，咯咯的笑聲響著。你母親總是打扮得整齊，畫口紅，微微笑。有一次你偷偷拿出她的紅絲巾，我們輪流蓋在臉上，巾子溢著蜜香。紗紅色的視界，你母親啪噠啪噠跑下樓，衝到廚房開抽屜取出一把水果刀，啪噠啪噠跑上樓，然後是杯盤器皿摔地豁啷，然後是類似棉被被拳擊的沉悶響聲，一記又一記。你母親又出現在我們面前，原本髮膠固定的頭髮塌了，髮絲蓋住臉，她走到廚房，拿水果刀砍著水槽邊，一次比一次用力，手愈舉愈高，最後扭擺整個身體。一聲脆響後，刀刃飛出去，她的肩膀開始抖動，她在笑。

我很快收拾書本作業簿，你緊閉嘴。我低著頭離去，離棄的罪惡感壓在背上。

阿摩尼亞與醋酸味很重，床下結蛛網，破裂的紗窗飛進長腳蚊。你母親很抱歉的很小心的掙扎翻身，床墊的彈簧極羞恥的嘎嘎嘎。你問要不要看什麼是褥瘡。

六期的化療做到第五期，放棄了，她要求回家靜靜的等。她靜靜的大眼睛。你迴避不敢直視，看多了你會比她更早溺死在那黑水潭。

你母親房間隔壁是客廳，牆上掛一橫排祖父母曾祖父母遺照，八仙桌積厚厚一層塵沙，左右兩隻琺瑯瓷瓶，各插著一大捧的劍蘭菊花已枯乾不知多少時日，還是嬰兒頭的碩大，一大串嬰兒頭哭喪著，花心嘔血一團黑黴掉地，桌上一盤盤黴黑黴灰的瓜果與糕餅。老鼠蟑螂吃了都給毒死。

出太陽時從落地窗遲疑照進客廳一半，光裡洶湧翻滾的灰塵。

街上叮鈴叮鈴腳踏車鈴聲，汽車按喇叭，婦人交談討論菜價會錢。

你俯身在你母親耳邊說了幾句，扶起她右手，袖子滑下，露出一竹節乾黃手臂。只有在夢裡才能強壯勇敢。只有在夢裡你用枕頭悶她用繩子勒搥心臟讓她暴斃，立即了結。一次又一次。

醒來時只剩怯弱與啞默，一如塔羅牌。

以爲夢遊，半夜去探探還有沒有呼吸。踢翻床前的鋁盆，摔破酒精燈，驚醒你父親，衝上來，刷的就甩你一巴掌。你瞪他兩腳踩在黏膩的一攤液體上，又挨了一巴掌。然後啪噠啪噠下樓。

你母親瞳仁的微光在昏黑裡閃了閃，不動不表示，只直視屋頂，噝著口水。

應該若無其事的問她要不要喝水。但她已不會回答。

還不能確實了解痛苦的眞義，死不得的痛苦。有比痛苦更不堪的。

鄰居的加壓抽水馬達像機關槍掃射。躡腳跟著黏膩的拖鞋印，到他房門口，音響開著，小喇叭獨奏的〈慕情〉彷彿晴空和風，床頭橙黃燈光，他豬公似覆臥，與你同齡的小女友跪著幫他馬殺雞，直髮單眼皮完全是學生樣，雪雪的兩條胳臂。燈光只照得到她正面，與陰影烘托出曲線，遠遠窺視，畢竟是少女美妙的身體。

小女友知道你在看，她一直都知道，但總是勇敢得無恥的背向你。

你父親的身體蜜蠟般，透光，油亮。對比小女友的手格外粉柔無骨。

他們的房間，原來也是你母親的房間，比人高的紅木衣櫥，按摩椅，床腳斜簽著牆有一面大鏡子，地上椅背丟著粉紅內褲奶罩。

應該若無其事的拿你母親的尿袋潑他們，或黎明在他們的棉被縱火。

無關恨，而是厭煩。悠揚的小喇叭，你父親的背肌應該是好看的。

他頭轉換方向，喉嚨啊出肉慾滿足的聲音，再咂咂嘴。他的手像一整塊新鮮豬肝，肥厚紅潤，腥潮。

小時候，他有一次大醉，客廳沙發上突然醒來，拿過茶几上的杯子對著就尿，聲音好響。

你不可置信的張大眼，那喚起你龐大的羞恥感。

幫你母親更衣，她緊緊的閉著眼與嘴，怕呼出病臭。你加快動作，完成就離開，讓她一人。

是她的意思，讓她一人。

你點燃摔破的酒精燈，熬剩下的夜。

到底是什麼的黏膩液體，才從冬眠醒來的蛇那樣的淌到樓梯往下滴，一滴與一滴之間拖得很久。很久。

我可以看見那酒精藍火光映照你臉的下半部，房間飛閃黑藍鬼影，心傳密語，我很想離開永遠離開但給三秒膠黏住怎麼辦離不開。

那見鬼似的夜晚，成了生命的某個點，痣一樣，抓著就疼。

●

下午在Astor Place要出地鐵站，外面雷聲隆隆的狂風暴雨。

之前去了華埠吃飯，陽光普照，多走幾步，路邊一張塑膠椅一幅紅布一掛就是一個攤子，黃姑林姑張姑陳姑，幹的都是睇掌睡夢扒花問米踏家宅的無本生意。

被大雨困了半個鐘頭。更擔心的是辛西雅、新認識的朋友有沒有躲過。

雨後的街景色澤深了深，空氣一新，可能是氮的味道嗎，也有一絲甜。

走走就走向華盛頓廣場公園，雲層換布幕的疾疾席捲，因爲暴雨的負荷，所有遮天的美國皂莢、英國梧桐、挪威槭、榆、橡、黑洋槐天使般的垂首斂翼。

猶有滾雷咕嚕，低微如同夢囈。天光蒙上一層薄翳，介於霧氣與銀亮，不多的行人噤聲快步，地上積水迴映益顯周遭深廣。

長椅很濕，我坐下。等天開了也夜了。

夜暗中樹在拔長而花準備開。

在孤獨時得不到智慧。以爲犧牲了連希望也沒有了。接受誘惑則以自由交換。所謂創造是心魔的幻覺。探索不過是貓狗追咬自己的尾巴。

我以爲走得夠遠離開得夠遠。但打開行李，舊日的氣味撲鼻。

整個人從頭頂像玻璃杯燒裂了。

被雨水釋放的草木香也舒緩不了那頭疼。

辛西雅嚇唬我，知不知道兩百年前這裡是擁擠著疫疾死屍的墳場與刑場？西北角氣勢懾人的英國榆樹就是絞刑用的吊人樹。

高大開朗的辛西雅，說是有一半日耳曼民族基因，另一半是愛爾蘭、英格蘭、尼德蘭的綜合。猿猴似的長手臂有斑，一扯圓領衫，頸下更多像雀斑。自嘲神經質的恐怕誤會是卡波西氏瘤呢。

水晶藍眼珠情緒稍高漲就流離泛水。必定是柔情似水的人。村子一住二十年了，這裡是她唯一的愛人。市政府計畫擴寬村子一些舊街道，那人行道路樹豈不是要倒楣？只方便了進城的車，村子不過是一日一日的給毀了。絕對不行。她加入自救會要與市政府力抗到底。

去過St. Luke Place那條街沒？一定要去的，短短的街，種了銀杏，天啊那是地球上最美的樹。據說女詩人瑪麗安摩爾住過那，非常可愛迷人的老太婆，喜歡戴帽子喜歡看大聯盟棒球賽。據說奧黛麗赫本的《盲女驚魂記》有幾場景就是在那條街取的。

十九歲搬來村子，比你現在還年輕——也不一定，東方人的年齡總是個謎。在此有了第一次戀愛，第一次心碎，在那一棵大樹下，我們談一整夜，花香嗆得呼吸困難，無話無聲時，我們看到彼此的心，黃金的心，獅子的心。最後連賣毒品的都走光了，天亮前有那麼寒凍的時刻，露水灑一頭一身，紐約大學這附近的街道很多保留著石頭路，我們跳舞，像音樂劇《貓》。一個月後，我下班回住處，只剩我的東西。沒有信，沒有解釋，一口煙的消失了。我發瘋的跑遍村子，哭著問毒販有看到這樣個人嗎？他們掀著厚厚的唇回答打一針就什麼都忘了，第一針算便宜些。

我嘔吐。第二天指甲都是黑的，被咬得只剩短短一片。

是的，熱情是蠢的，生命力非常強。隔了將近一年，我們在一個派對上又遇見了，那瞬間所有的音樂死寂了，像照鏡子，我們互望，檢查彼此身上的瘡疤。

原來，那曾經每天每天甜蜜的愛戀確實是眞的，但累積加起來是一個大欺騙大謊言。時鐘滴答，罪惡轉移。

我離去，兩人擦身，手中的雞尾酒或硫酸往那臉潑，走到街上，我用力將酒杯摔在地。

這城市是個馴獸師，懂嗎，我的意思是在愛你的人對你殘忍之前，你先對自己殘忍，軟弱就不在你的字典裡；剝完了洋蔥之後，沉默就有了鋼的堅硬。

大雨後薄涼風裡的長椅，坐下就不想起來，整個公園有如一張暗昧底片。

飲水器那裡一個小黑人逗著兩個金髮細臂小女生，兩隻巧手穿梭變魔術，小女生吱吱咯咯笑。厚唇凸眼小黑人，四肢燒盡的火柴棒那般；他們立在一攤薄如刀光的水中，晚風抽抖水面，一片陰灰，笑聲讓人頸後汗毛豎起。

希望我比你早摔碎一個酒杯，比你早剝完洋蔥。

血的記憶

醒來時發覺是在辛西雅的住處，下午一點，屋外陽光正烈。

身上蓋著Quilt百衲被。浴室嘩啦嘩啦水響，夾著辛西雅高亮歌聲。

房門打開，傑西只穿內衣內褲撓著頭髮走出來，傻笑著，昏昏的摔進我睡的沙發。

辛西雅一頭濕髮光潔的挽著條馬尾，白襯衫牛仔褲，說她兩點的舞蹈課，等她一起吃晚飯，嗯？

傑西撒嬌，不許去不許去，將辛西雅一拉，扯她的襯衫，掐她肚子，在我的小腿肚咬了一口，三人尖叫鬧成一團。

靜下來，傑西仰臉在我肚子上，充足的光，沒有一絲皺紋，眼裡都是善意與笑意。

傑西生了一張相當俊美的臉，但老嫌脖子過於細長，所以總愛紮條紅領巾。他兩年前來自哥本哈根。他是辛西雅第四個室友，之前有強納生麥可米其。

翻開相簿，辛西雅喟嘆，人類的浪費，基本上他們不能忍受自己活過四十歲。照片裡，火島的夏天游泳池，好美麗的身體。現在，都沒有了不見了。

辛西雅說紐約，名字就叫The Band的樂團的鼓手Levon Helm說過，紐約是成人的一部分，是成人的藥，第一次來很難接受，挫折的離去，愛上它之前得來過兩三趟，終於，你就愛上它了。但這是我的想法，如果你是個老靈魂，第一次你就會愛上它。

昨晚我們先是在小酒館聊，十點多，辛西雅的朋友路過，夥著去小義大利與中國城之間的一條暗穢小街，一片漆黑樓房以前是車衣廠。上樓，一屋的燭光黑影，靠牆兩層通鋪，擠滿人像電線上的雀鳥，輕聲交談，悠悠晃著。極可能是非洲或亞馬遜雨林音樂，低抑鼓音如急雨，間歇的化開，拉得極曠高去到了外太空，又啁啁啾啾的飛低下來。辛西雅與傑西輪流餵我不同的酒，就是餵毒藥我也不知道。辛西雅說我們錯過了一場表演，是她舞蹈課的同學。

有個穿蘇格蘭裙的，獅頭臉，端一盆莽綠的好像果凍，吼一聲，彎腰俯下去吸食。窗戶全卸下，屋頂一隻隻煙囪吐著煙，我們上了樓頂好像《西城故事》那樣，辛西雅凌空一踢腿便舞了起來，傑西繞著她跑裝小丑。她太高，骨架太粗，舞起來像傀儡，關節劈啪響。她呼喚，瑪莎瑪莎你在哪裡？幫助我，給我力量。

她將衣服全脫了，青蒼的身體，下垂的乳房。曾經，雪萊在暴風雨中赤裸的爬上古堡的屋頂，向著雷電揮手呼喊，給我力量。

十指夾著三瓶啤酒，我蹲坐。這是夏天的曼哈坦，夜裡的東河與大西洋暗潮洶湧閃爍粼光，布魯克林橋與曼哈坦橋那麼美麗。

你不懂舞對我的意義，辛西雅說，你不會懂得笨手笨腳的人渴望流麗一舞的感覺，在沒有束縛中找到熱烈。至今，我只在舞中發現肢體的奔放，不夠，差太多了，那我直接嗑藥就有了。她將啤酒瓶飛扔。然後老貓似的偎在我身邊，流下眼淚。

就像你不懂寫對我的意義。現在。

辛西雅說一切好像才是昨天的事，海倫住布魯克林，每週五晚上去，地鐵轟隆隆穿過臭烘烘的東河上的鐵橋，春天的大西洋送來的風飽含膩人作嘔的腥味，週六週日整整兩晝夜在一起，大半時候其實沒有特別的事，小小的餐廳廚房西曬，曬得冒煙，白襯衫也給曬黃了。輕手輕腳，再輕點，莫出聲，影子的毛邊那樣輕。餐桌上玻璃杯盛柳橙汁冒出的水滴。腳踝上襪子花紋的印痕。海倫鼻翼兩側冒出好些淡淡的雀斑。窗下的街道走過禮拜天上教堂的人們，一家人又一家人，相遇了，握手擁抱親臉頰，仕女戴帽子，蕾絲飄起來，藍天上貼著不動的白雲。海倫有著一雙冷漠的眼睛，話很少，她有自己的世界與時程，要等她願意了挪一挪空間才讓第二個人進去。兩人走一起買菜洗衣喝咖啡，偶爾順便買張樂透。夏天到秋末的太陽的味道。互相看看彼此的魚尾紋。她喜歡起床時煮一壺咖啡，窗檯下暖氣排漆成白色，曬著一塊整齊的太陽。白熱化所以連火焰都看不見，然而手指去觸，小心燒傷。海倫走進去那光裡，燃起了微藍的火，有些寂寞的火。海倫讀泰德休斯的詩：

他的誓言拖出她所有的力量
他教她如何打同心結
她的誓言將他的眼睛泡在福馬林
在她祕密抽屜的背後
他們的尖叫困在牆裡
他們的頭跌入睡眠像一棵垂下的檸檬的兩個半邊
但愛是難以停止的
在纏繞的睡眠裡他們交換手與腳
在夢裡他們的頭腦互做人質
在早晨他們戴上對方的臉

海倫葡萄乾似的乳蕾，手臂的金茸毛於光燄中是一片草原，都讓她想哭。海倫於是再讀伊麗莎白畢雪：

我們寧可擁有冰山而不是船
雖然它意謂旅程的結束

雖然它像雲做的岩石死靜的挺立
大海是移動的大理石
我們寧可擁有冰山而不是船

窗口看見街口轉角的加拿大楓，一片一片葉子轉成通透的黃，筋脈如同掌紋，整棵樹光粼粼的抖。然後落下第一場秋雨，葉子吃水墜重，不過半個下午，落個精光。那金澄澄的太陽光用力打在白牆上，眼睛都跟著暖熱，窗下街上已經先暗了，人車的輪廓隨即糊了。有那麼幾分鐘，牆上腥紅葡萄酒紅暈開，人焦躁得想尖叫一聲，脫毛衣時身上的靜電藍火藥劈啪響，一天結束了。辛西雅自己走去地鐵站，凌空的月台，等著列車一隻馴獸進站。東河晃盪，冬天很長，打了個呵欠，淚水中永遠的曼哈坦，月台旁的屋頂有鍋爐冒出蒸氣。走出遮棚，才看清一片屋頂之海，一條條蒸氣肥而短，呼出這一天的最後一口氣。

婚禮前天，我負責開車從機場接對方父母到飯店，很不解人情世故的老先生老太婆，當我是傭人使喚。將計就計，點了海陸大餐香檳送他們房裡，送他們去頂樓SPA，又去買了一大袋油糟糟的鹽酥雞當消夜，問他們想不想去陽明山夜遊。惡謔的看著他們久住美國的荒郊野外養成的老土與小氣。

不懂爲什麼有那麼無聊的場合，那麼多乏味的人，每張桌子上飛停著紅白心型汽球，一片嗡嗡嗡，領班揉眼睛打呵欠，上菜的服務生球鞋奇髒。

所以我澆花般的將紅酒灑在禮服的蕾絲花球。希望有復活的玫瑰。

宴席中去換禮服，踩著黏膩的紅色地毯，你走得很急。我知道你一定哭了。

隔著門，聽見窸窣脫衣聲，像昆蟲的蛻殼。我敲門。

我們的路。

那一次，辛西雅躺在草地，無限伸展猿臂似的手，拳起於虛空敲一敲，啊收縮小腹再自骨盤往上吐氣手一推我就推開一個世界當然哈哈這確實有助於陰道收縮。

那個冗長白晝，我們輕手輕腳下樓，經過你母親房門口，她起身坐在床沿，喘噓噓的回頭看我們一眼，虛白的蠟臉。你趨前走近兩步，她擺擺手，意思不要過來。

向陽的山坡路，如海的平鋪著番薯葉牽牛花，曬了一夏天就有了爛醉的味道。路盡頭一棵好像菩提樹下養著雞鴨，半人高的柴堆上放著黃色膠鞋。跑到半山腰，看得見你家二樓露台長年掛著的八仙幛。

你看見好像不久前不記得什麼原因被你父親以衣架咻咻抽打，你將臉護在手肘彎裡，逃到那露台，蹲下縮在角落。他抓你頭髮一把拔起，咻咻咻，你才又蹲下去。

隔日，你抖著兩條手去找你母親，她拉起你的袖子，拿起床頭櫃裡的驅風油幫你細細的抹，揉，你痛得齒縫吸氣。

未免心生疑惑，她在裝病？但才離開房間，就聽到她凹下身大聲的乾嘔。

十月之後，日色蒼黃，露台晾著換洗的床單。

你母親的房間空了後，整張床被你父親扔了，還是重重的病味，半夜聽見她喘氣、鞋跟拖地。磨石子地靜脈一樣的青光。

一起躺著，我能感到你在發抖，低聲說我們離開這裡。辛西雅睜大眼問眞的嗎？找出在中國城買的繡花鞋，什麼聲音你走給我聽聽。我是認眞的。告訴你我的重大祕密，我一直想編一支舞，跟母親的鬼魂有關，你能想像如果我的母親是穿繡花鞋的中國鬼嗎？

你的傷不是我的傷，我們不過是坐在一起攤開各自的傷。

重回酒席，你父親坐在你旁邊，眼睛沌濁，嘴歪了。那一年，接到他中風的消息，我們好幾天後才去醫院，碰到醫師巡房，解釋病況，你大大呼了一口氣，緊緊抓著我的手，勝利的尾巴終於掉到你手上。像不像壁虎的斷尾在掌中滴溜溜的轉，微溫，微癢。

辛西雅說那時十六歲吧，整整將近一年的時間，騎腳踏車到那戶人家只爲看那一扇窗窗上的影子。你知道過了那一年你再也不會一樣，你的心就是你身體的毒藥。

將酒潑在你婚紗，我打開門往外跑，辛西雅說開車去要八小時的家鄉，玉米田與玉米田間的路，月升時堵在路盡頭，你以爲車速快一點就可以撞進裡面。

我跑著。辛西雅說每個人各有一份孤獨，你若怕了就輸了。

若不怕呢，也未必贏。

喜歡夏天街道陽光裡的白色迷煙。走一走，很快的時間過去，就等著辛西雅傑西吃晚飯。

●

「你也離開台灣了嗎？搬來整半年了，每天面對的都是新的課題，但最大的難題還是自己。自己才是最大的敵人。一切都難，現在的時局，有可以的就試試吧。祝一切順利。」

熱天午夜

是誰強迫你？又是誰欺騙了你？
我的天使。我的天使。

●

所謂 X+X。
所謂 X+Y。
無所謂（X+Y（X+X）X+Y）。
人類基因組圖譜的迷宮與亂碼。

●

開始，我得到一面鏡子，然後是一張黃金面具，最後，是一隻匕首。
握匕首的方法，關乎對生命的態度。
是握刀鋒，還是握刀柄。
刀尖向自己，還是向對方。
先祖爲翻譯《天演論》的某作家，是個 X+X，是這麼啓蒙我的。

●

黃黃綠綠鼠尾草圖案的化纖布帘後，玻璃窗正對著汽車旅館的霓虹燈招牌。

嗤——，電流啓通，霓虹燈亮，夜晚登場。

暗昧處老鼠嚙咬腳踝賊笑。

KING SIZE的床很大，草原遼闊。

電視櫃上二十九吋電視。一張書桌，一張獨座沙發。

A片中的女人，不論是金髮大嘴或緊閉眼睛的東洋女，都很寂寞。

剖開就可以取出一副副的心肝腸肺，熱騰騰吃得唏哩呼嚕。

每天不計時段，但一定出外步行八小時。

歷三任市長的土地重劃，記憶中的蔗田變成一塊塊齊整的石礫荒地，鐵絲網圍著。

家戶垃圾一袋袋往裡扔，野狗咬開，洪水似的腐餿味兒可以放膽的埋具屍體。

其中，開著一簇鵝黃花。

毒太陽下走成一根鹽柱。

走到衣褲汗濕又乾，然後又濕透。走到粉底隔離雙眼影全給汗水沖掉。

每天報廢一雙絲襪。

十指指腹乾皺，指甲寬矮，一似兩棲類進化陸地動物鱗甲轉化不完全的遺跡。
腳蹠骨也像農夫的粗大，因此穿不下秀緻的尖頭高跟鞋。
曾爲它們塗上鮮紅指甲油，活像馬戲團小丑。
冷氣中，沉沉如死的睡。
閉上眼睛，腳底對著梳妝檯好大一面鏡子。
得以暫時忘記這具上帝開玩笑扭曲創造的身體。
然而，上帝肯定在鏡子後哈哈大笑。

●

驟然想起十六歲的夏天。
我娘談戀愛談得不見人影，每兩三天在餐桌上丟幾張紙鈔給我吃飯。
見到她時，顴骨燒紅，眼裡晶亮。
身子軟綿綿，隨時要靠一靠。
哼，女人的賤性與奴性。
我天天想著殺他。如何殺他。
我娘房間，床上亂得像垃圾堆霉臭，空中卻有香水與精液的味道。

直抵屋頂的衣櫥，打開，穿起她的一件碎花洋裝高跟鞋，首飾盒翻出一串養珠。
冷氣機轟轟轟的客廳裡，男人只穿白色內衣褲攤在沙發上呼呼的睡。
腳上仍穿著黑襪子。強烈危機意識，準備隨時最短時間內落跑？
我小腹深處湧出熔漿，膝蓋軟綿綿，骨頭裡吹著焚風。
殺人這麼快樂。居然可以這樣快樂。
男人比我現在還年輕，臼齒鑲金牙套，戴金錶。一雙矇豬眼總愛斜斜看我，惡謔的笑。
他告訴我娘，比女孩子還秀氣呢。淫淫的捏我屁股一把。
血的感覺，紅豆沙的綿細，有點貴重，所以緩慢。有細細的可愛泡沫呢。
我竄到院子，太陽光大雨般落下。
我娘隨手抽到一把傘，打，傘尖戳裂我的眼角。
我躺下，腦勺磕上花磚，養珠項鍊扯斷，冰雹迸落。
我嘶嘶的張嘴向著天空笑了。
上帝在雲端上哈哈大笑。

●

他們叫他白牡丹。我自己偷偷稱他白玉堂，但從未開口叫過。

他其實那麼年輕，細長脖子，好大喉結，唇紅齒白，修長手指神經質的抖，翻書，寫黑板。聲音尖細陰柔。一開口，我們就笑。

他的宿舍在一排羊蹄甲後，開著輕佻的粉紅色花朵，住的都是單身漢教師。

他們偷他換洗晾著的內衣褲，換上女人的奶罩三角褲。或用美工刀割裂爛，或潑墨汁。

然後次日課堂上，他喝醉般的漲紅頭臉，幾乎聽不見他講什麼。反正也沒人聽他。

只有我。我發著抖去找他。他給我一本張愛玲短篇小說集。

印象至深一開始提到演蹦蹦戲的兩個女人，粗俗，必然強悍，也像豬菜的賤命。

黃土高原，宇宙洪荒，塞上的風，尖叫著爲空虛所追趕，無處可停留。

到那時候，只有那樣粗糙強悍的女人能夠活存下來。

放學後，我去辦公室找他。只有我們倆時，氣氛緩和了些。

最後的陽光漫進來，一片玫瑰花瓣掉下。

坐著他還是比我高，一定是他的長頸。他不看我，眼裡卻含水光。

軟弱是可恥的，也是最大的罪，遠勝過偷搶騙。

不可以指望被拯救。傾慕宗教的拯救，就是一件軟弱的行爲。

軟弱了，你就成了菜狗。什麼是菜狗，我希望你了解的那刻你是拿筷子的人。

終你一生，他們鄙視你，仇視你，甚至當你是一堆狗屎。你怎麼辦？

不可以求饒。唯弱者求饒，一旦如此，你當下成爲菜狗，永世不得翻身。

你說他們不才是狗屎嗎。對，但他們是集合名詞，你是一切體制組織之外的游民。

以一個散兵游勇對抗百萬大軍，你覺得呢。

你是孤獨的，所以從現在起學習與寒冷相處。沉默的力量是最強的。

要反抗。當他們踐踏你時，你要睜大眼睛直直看著他們，他們才聞見自己的臭。

學習一個人走很遠的路。

尊嚴。生命的奧妙。虛無。

獸性。荒謬與希望。還是虛無。

迎向每一次殘虐的劈殺，頭骨眉骨粉碎性骨折，讓他們害怕。

即使如此，成不成還是未定之天。

說到天字，他抖得特別厲害，喉結在喉管骨碌碌滾。他顫手翻倒一瓶紅墨水。

血紅墨水漫開，他拉著我哎喲一聲跳起來。

很多年後，大概去年，我在報紙的一則地方新聞才又看到他的名字。

男教師陳屍公廁，死因成謎。

自殺他殺或兩者皆有。雙手反綁背後，頸子纏著絲襪吊著水箱的水管，褲子脫至膝蓋。

腦勺遭受重擊。

算算年紀，還不能算是老人。

他的喉結，一個骾，卡在那裡的祕密，而今而後成了死結。

畢竟像一條狗的被屠宰了。

他叫財發，矮得背後看只是小學生，有上級來視察，便負責宰烹一條狗加菜，換一天榮譽假。

假情假義噓那笨狗逗著玩，一手捧一把骨頭讓狗昂起嘴鼻，另一手的棍子閃電般一擊那濕濕黑黑的鼻骨，悶哼一聲就軟垂地上，尾巴還搖擺著。

滾水一燙，吊在芒果樹下剝皮毛。

防空壕上狗頭塚，細心的排列著，其旁有一棵垂楊拂著。南部豔陽下，狗頭骨閃著光。

排一排對著狗頭比賽灑尿打手槍，看誰射得遠。

我特地回小鎮一趟。

飄著阿摩尼亞味道而昏昏欲睡的公路局車站，一個瘦乾巴的髒老頭蹲坐牆角，白汗衫已成了泥垢衣。蒼蠅繞著他飛。

我丟了幾個零錢給他。他惡狠狠抬頭，一隻眼裹紗布，枯骨手將零錢扔回我身上。

那一刻，我才眞正了解白牡丹說的尊嚴與獸性。

白鐵雄，他眞正的名字。

●

世上有多少個白牡丹？我是另一個或不是。

今天的我。明天的我。未來的我。究竟那一個是眞正的我？

每一日都是新生，也是死亡。一日生死亡。……超大型遊樂園、捷運的一日券。

三十歲的我，看十歲的我如陌生的孿生子嗎？

七十歲的我，能夠說與三十歲的我是互爲鏡像嗎？

如果它們是一個個由大而小、中間虛空的圓環。或說是由小而大。

俄羅斯娃娃。

我裡面還有一個我。何者爲眞？何者爲僞？何者爲正確？何者爲錯誤？

我被創造之初是個錯誤。那個超自然大力的上帝打了個盹滑了手或打了個噴嚏。

既是錯誤的果實，我可以僭越上帝再創造自己嗎？

我非我，非我方是眞我。

尊嚴A與自由意識B的關係。此兩者與生存C的關係。

A+B=C的推論是眞實非僞嗎？

A+B>C此一假說，如何證明？但前人的血不是我的血。

生的盡頭若是死，死主宰生，比生頑強，長久。所以，人畏懼死。

那麼，非C，死亡，與尊嚴與自由意識可還有關係？

C>A+B若是成立，我就低頭承認軟弱。

-C>A+B之假說，是活人可以插手的領域嗎？

但尊嚴與自由意識，何者爲大？

是先有了自由意識，才有了尊嚴；或是因爲尊嚴而擁有了自由意識。

微笑不語的上帝，僞善的神。

●

我們今天來談談達爾文主義。達爾文與達爾文主義是不一樣的。

達爾文主義的生物學家，將演化上的變化都歸因於天擇，他們認爲生物形態的每一部分，器官的每一種功能，動植物的每一項行爲，全都是適應的結果，也就是說經過了天擇作用後，可以產生一個更完美的生物。達爾文主義者深信，大自然有正確的能力，可以讓每個生物都能巧妙的適應環境。

——我們可以變成一個更完美的生物？

性擇，則是達爾文提出的，用來解釋生物某些與生存競爭不太有關係的特徵來源，有時這種特徵對生存競爭其實是有害的。達爾文認爲這些特徵是競爭配偶的工具，譬如漂亮的鹿角，雄孔雀的美麗尾巴。

生物有兩種性擇機制，一是雄性互相競爭以求得配偶，第二是由雌性挑選雄性配偶。

——喔，這其中可有我的位置，我的詮釋？

——既是雄性也是雌性的共同體，我披著雄性的皮囊，包裹著一縷雌性靈魂。

——甚至不應該說是同性戀者。

——男同性戀者理當是陽具崇拜者，既愛戀自己的，也仰慕他人的，而我不是。

——發生我身體的這一切，是因何而來的？

——我思索，因而焦慮苦痛。我不思索，因而得著了棉花糖？

●

很小的時候看過馬戲團，好大的帳篷裡有空中飛人，有小丑，有侏儒，有長綠毛的巨人，有連體嬰，有三腳雞，有長翅膀的蛇。

如果我們活著的世界眞的是一座馬戲團，

如果買票進場的觀眾知道他們是柵欄外的觀眾，

如果我因此得著玫瑰花，口哨，與掌聲，陌生人的慈悲。

今天換我來說說我的父親。

我都不能確定，我父對你是一個負面教材或正面典範。

看著你，我就看到我父的影子。

他也娶妻也生子，一般男人做的他都做。而且一生興高采烈，活得隨心所欲到我覺得是天眞可恥了。

紋眉紋眼線拉皮墊鼻子換膚練瑜伽，衣服手帕上日日灑香水濃得嗆鼻，十隻手指戴滿滿的寶石翠玉戒指，手鍊項鍊花襯衫，十年前就染髮電眼睫毛，影視藝人個個知道。我母親姊姊的衣服配件化妝品都是他在買，還教她們怎麼搭配穿衣。夫妻倆感情很好，上街都手牽手。

總向親友示範推薦瑜伽的好處，說著就地練起，四肢柔軟，手腳互穿，大章魚似的。

親友與我母總笑他查某體。笑得那麼包容。

常常錯亂，我母應該是父親，他應該是我母。母爸。

兩人新婚時，拍過一張照，他反串，我母也反串西裝領帶的。他眼神肢體柔媚得不得了。

那張照片他寶貴極了。

我恐懼身上有他的基因。

我常看到他看到俊美及高大威猛男子時的貪饞神色。蜂爲花蜜所吸引。

我再再覺得甚羞恥。

幾年前出車禍，病床上需要人把屎把尿，原形畢露，不過是一具身不由己的弱小身軀。遞便器給他，他哀聲幫幫我呀。我才了解，他生命的韌性與強硬。

一般人嗤之以鼻、鄙視。連我是他所生都覺得是無恥。

我沒有宗教。但我相信那個無以名之的超自然大力給你們一個打了死結的禮物。

你們要如何打開它？打開了要如何處理？

尋找答案的是你。我等著你告訴我。

●

換我說說我的六舅公。

一個溫柔婉靜男子。也是一個荏弱纖細男子。

他一手的裁縫功夫，畫報上時新款式，瞄兩眼便做出一模一樣的。

自古以來多少男人裁縫，有什麼好大驚小怪的。

不就是刻板印象的箝制，不然就是閹割恐懼情結。

小時候隨我祖母回娘家，六舅公在幽靜房裡刺繡。繡布以一個圓形框子繃緊，他另一手拈針線，一身府綢衫褲細涼生風有蘭花香。

繡線一小綹紮成小指一樣，好豔好亮麗的色彩。

他繡金魚，牡丹，鳳凰，鴛鴦。

連我祖母都講，六兄那一手功夫，我跟不上。

哈，東方不敗。我知道一定會這麼說。

男之色。女之色。

兩者之間的差別嘛，我只看到人自己的偏狹。

我六舅公一生謹守本分，不誇張，不激烈，一般男子應該做的事他都做了，而且成績斐然。

面對所謂基因組圖譜也好，命盤也好，或天賦性格也好，他看似馴服，坦然接受。

可以這麼說嗎？不反抗，是最大的反抗。

心平氣和接受了，才可以坐下和上帝好好的下一盤棋。

善拈針線者工心計嘛。唉，對不起，這回是我犯了刻板印象的錯。

我六舅公也是長壽男子，活到九十幾。一世人福壽康寧。

●曾經也被愛戀過。

吃飯，散步，咖啡廳聊天，交換熱病似淫猥得可笑的眼神，如同一切男女的戀愛。

不敢講話，怕對方疑問怎麼聲音好粗。

不敢張手，怕被發現骨頭太大太硬。

只是低頭，怕鼻頭粗顆粒毛細孔敗露。

雖然性器細小，夾著就看不見；不像友人甲，咬牙恨道每次看著就想剁掉了餵鴨。仍然擔心對方來觸胸時會訝異怎麼沒有。

感覺那是個良善的人。寫來夢幻粉彩的卡片，讚美溫柔嫻雅。

捏著卡片放在枕邊睡，感到內裡一道泉流湧出，暖而有鋸齒。或一條龜殼花腥黏的遊滑進大腿根。自然而然的抬起。抬起。

他說從小不愛讀書，但也不學壞，跟過遠洋漁船，開過卡車，當過建築工人。很想有個家，不想再一個人。他儘管說。

我看他。就像漁船的注視燈塔。

他的手骨節粗大且粗糙。有一剎那，我動搖了，有燈塔處即是彼岸。

但，如果我正視世界，得到是臭雞蛋，醜死了，好嚇人。
該來的躲不掉，那良善人俯身，眼裡碎玻璃有野獸的光。
絕對不能做隻菜狗。一推，良善人跌了個狗吃屎。
瘋狂的跑著，鞋子跑掉了，停下時，兩腳劇痛，腳趾甲都翻過來。
覺得自己根本是一面開裂的鏡子。
與生俱來的雌性徒然製造惹人訕笑的苦難，引發人們的劣根性，然而危急時與生俱來的雄性不也是唯一的拯救？

●

甚至養活自己都不能。
在報紙上讀到這樣的幾句話，說者是個鬍鬚兩腮的指揮家。
「孤獨不是詛咒，是創作的土壤，是窺知神諭的一種媒介。上台的時侯，你總得是一個人。」
爲了這句話，我願意爲他提鞋，做他的僕人。

●

愛，我思索。

愛不過是毒樹長毒果。

愛最平凡直接的意思，不過是害怕一個人活。

是我自己對著鏡子自言自語。

●

我開始覺得眼睛歪斜脫窗的那一天。

聽說三小時飛行距離的南方以南，有逆轉雌雄的手術。

人人禮佛之地，遍地臥佛坐佛與金塔，與人耳語催眠。

我開始簽六合彩。

靈魂裝錯了身體，郵件塞錯了信箱，或者說，我走進了錯誤的房間。

死囚的牢房。

從那錯誤的一刻起，渦輪啓動，扇葉旋轉，急如星火，時間的鏈條一直一直的向前飛拋。

可能回去找到那個接著點，扯斷鏈條？

存。在。世界。

●

喜歡看仰著的臉，迎接戰鬥的預備動作。豈有獅子是垂頭的？

再說一次，當我仰臉，得到的是臭雞蛋，醜死了，怪物好嚇人。

●

開始覺得眼睛歪斜脫窗的那一天。

於日的開始或將結束時，我站立看光源處。

光裡有飛鳥，馱著這一天，定在幻術般的某個距離，浮翔在氣流之上。

牠是追尋明日，抑或爲昨日所追趕，張開的翅膀與羽絨滴著今天的蠟。

神奇的穿越時空穿越水晶體而讓我感知永恆。

幸福的孤獨的時與光，我護住我此一綻線的祕密而竊笑。

世界是這樣的攤開，烈日是這樣的烤打，直到身體髮膚魚鱗的脫落。

準確得無懈可擊的楔形光體，錐子般從門縫刺進來，一切靜了下來。

鍋爐停了，扇葉不轉了，時間的鏈條像是蜥蜴的斷尾就在門口。

●房間路沖，車頭燈暴衝射在牆壁上，即生即滅。當然平時窗帘拉密，是照不進來的。

無從確定車潮何時湧現，如果綠燈時有一長串不論直行左轉右轉快速接連的打燈射進，肯定就會有迷幻藥暈眩且駭的效果。

無聲的但打在眼膜心胸啪啪啪。啪啪啪。啪啪啪。

試著將頭探進去，抽緊繩子，勒緊。

微黃燈花僅有一次，喪氣的謝了。不夠。

然後一連三車，隔了五秒，才又有一車。

簡直等不及的毛躁。

突然想到第一次去基隆港看大船，鬱綠水上定著滿頭大汗的船身，白漆下一大圈層的泥褐黃垢，結滿珊瑚礁、貝殼、螺、水母屍體。一艘小船搖搖晃晃趨近它。汽笛響起，鼓舞人心的好大聲好亮。小小人好坦白光采的眼睛。

再試，將頭探進去像蜂伸進花萼陰莖進入陰道，套上，塑膠黏在口鼻呼出熱氣帶著腥味。

幾乎戀戀不捨得拿開。

所以。所以才得以召喚菜狗飛車大隊前來致敬，車如流水，兩個燈花之間以零點五秒的速度，暴衝射出。

啪啪啪。啪啪啪。啪啪啪。那生命義勇軍昂揚的血流。

玫瑰花瓣一層層螺旋重疊，火玫瑰一層層流著橘金螺旋重疊，有液體的黏潮，有無休無止的曲線迷宮。玫瑰與玫瑰依偎，相刺，相愛，相濡以血，便是完美的天堂。花瓣張開，月亮升起，沙塵就來了。永生迴旋降到花心深處。

啪的最後一盞燈花，大紅，煙火似的遲疑的不肯謝滅，將整個房間染成阿拉伯後宮。

啪。

●

其時，霓虹招牌電線走火，踩著鐵鋁扶梯攀上修理的工人，觸了電倒栽蔥的跌下。

水泥地緩緩開了一朵血花，他的腳抽搐著，失禁的一攤尿認路似的蜿蜒著。

上世紀的壁鐘（代後記）

噠噠噠噠——噹、噹、噹？

絲絲絲絲——咚～～咚～～咚～～？

沒有文字可以準確的捕捉翻譯那個壁鐘的聲響——或者，人的記憶分岔破損了？

舊厝大廳的壁鐘，長方形的黑匣子，上半部是主體，下半部是鐘擺。究竟有多少年紀，無人在乎。舊厝的所有不需疑問的天長地久。曾經在柴堆後翻出一個黑鐵環的童玩，小孩子用鐵絲捻成的細棒勾著它推著跑，技巧的純熟就看它能滾多遠而不倒。民國元年出生的祖父說他做囝仔時很會玩。他的小時候，半世紀前。

壁鐘極可能是從日據時代苟活下來。

鐘面發黃，與祖父長年被菸熏黃的食指中指、與門口台階上欲晚的日照同色澤，1到12的數字與長短針黑得固若金石，鋼亮的正圓形鐘擺絲絲絲還是噠噠噠的晃，晃一次是一個圓周的四分之一？是一秒鐘的時距？所以一天晃八萬六千四百次？

於整點時敲響。老鐘的聲響介於亢亮的噹與悶沉的咚之間，有點鬆，有點滄桑，甚至有點遲疑、不準，像駝背老人搖上課鈴。

壁鐘右邊下方，供著祖先牌位的高几與八仙桌，香爐前一對掉了漆眉月狀的筊。

壁鐘左邊的另一面牆，高掛著曾祖父母的黑白遺照，粗糙模糊，雖然眼鼻嘴一團疙瘩，冥冥中仍保有幾分靈視，從另一個世界俯視子子孫孫。

靠牆是祖母的勝家牌裁縫車。旁邊一扇門進去是祖父母的房間，一張紅木大床，雲頭床腳，勾床帳的大銅鉤鑄了一個壽的篆字，床欄杆有一橫排扁扁的小抽屜。

那是鄉下常見的土埆厝，房屋配置成一個倒L型，屋內抬頭即可見大梁、鱗鱗屋瓦，肉身柔軟低溫的壁虎自由游移，獵食蚊蟲，偶爾嘎嘎怪叫。

大門門框邊粉白牆上有塊長方木條，毛筆字寫著戶長名，林樹澤。祖母忌諱小孩子在門檻上坐踏，「戶碇有神！」她警告。

兩片木門的樞腳伸在石臼裡，大清早祖父推開栓，開了門，朝氣涼涼的進屋，水泥階上湯湯的屋簷滴漏的夜露，深深淺淺的水痕都是天候的密碼。

階上的凳子，祖母端來放了一個白漆紅邊鐵盆，盆底綻放大朵牡丹，盆中溫水氤氳擱著毛巾漱口杯與臥著一小節雪白牙膏的牙刷。

剛醒來的太陽，鮮嫩得一如才敲開滑入鼎裡的蛋黃蛋清，透著鮮香與清潔的濕意。

祖母在屋後菜園撿了一鋁盆夜裡來偷吃吃撐了爬不動的蝸牛，柴刀剁剁碎飼雞鴨，黏液的腥氣衝鼻。

上午的鐘響沒人理會。祖母心中自有一個鐘，或者說她就是日晷，走到那裡做什麼家事就是什麼時辰。屋背簷下堆著木炭與柴枝，搬到灶下劈；幫浦壓出的地下水，投進明礬澄淨；剩飯泡水打散成了米湯漿床單；木箱裝濕紅的電土醃製鹹鴨蛋，撥開米糠將青蕉深埋進去摀熟。

長長熱天，潔癖的她總穿著自己裁製的上衣下裙棉布夏服，飄著肥皂香。

屋前簷下竹篙上披晾才從水裡被搓醒起來的衫褲，太陽光均勻，纖維的孔隙平和的呼吸著，因此快樂的吐出細細的水泡。

爬上圍牆邊的芭樂樹，窩在枝椏處，一波波在中部平原遊蕩的風吹來，我啃著青澀幼小的芭樂，一似躺在搖籃。門口埕由南到西順時鐘有龍眼樹芒果樹龍眼樹芭樂樹楊桃樹桑樹人心果樹檳榔木瓜樹檳榔，每一棵各自綠各自的，突然一陣大風，那些長的闊的尖的小的葉子一起翻動，所有的樹彷彿轉過臉去。

龍眼、芒果樹都比舊厝高大兩倍。楊桃一結果就竄得滿樹纍纍，墜得低低，落果養得它幅員之下黑沃沃。蜘蛛在枝葉間架網，細看找得到葉肉上的蟲癭，或者蝶蛾幼蟲捲起葉片在其中寄生。

門楣上倒貼的「春」、「福」給日曬風吹淡成一個影子。

屋子沒有聲音，一上午。

日光在牆腳屋瓦上呵煙，磨出粉末。

然而，一年中總有那麼幾個早上，門口埕突然飛來滿天的蜻蜓，戰爭片的空襲鏡頭，同盟國的轟炸大隊還是零式戰鬥機的集體任務，又像是空中芭蕾的凝住一個動作，翅膀平伸，振動，軀體尾端勾起，營營嗡嗡，更像是團體朝山的進香客。縱身一跳一抓，指縫至少就可夾到一隻，透明有筋絡的翅膀乾且脆，大頭，綠金複眼，火柴棒似的身體。夾進一本書也許是祖母的農民曆，再偷偷壓在大床的草席下，想做成標本，牠們飽飽的腹部內臟血液擠牙膏般的流出。

螞蟻幸運得多了，只要一粒米飯，就夠牠們傾巢而出在牆根搬幾個鐘頭。

牠們接力出一條虛線，既縮不住也挽不回時間那龐然大物、一副恐龍化石。

午飯後，祖母抽根菸舒緩；少女時，月經來就鼻子癢，兄長教她噴煙壓治，因此抽上癮。

她側躺在大床上，嘖嘖喊熱，抱怨祖父一台電風扇也捨不得買。正午炎陽烤得屋頂嗶嗶剝剝響，熱得眼皮慢慢瞘了，頭一歪打了個盹，手上的葵扇滑落，叩的打了下床板。

是曬棉被、榻榻米的好天氣，攤滿了門口埕，拿棍子像戲台上拷打犯人的打，棉絮飛沾了一頭，甚至嗆咳起來。祖母以斤爲單位稱呼棉被，六斤，九斤，十斤，逐一打鬆了，讓熾盛到足以自燃的暑氣灌進去，膨脹成一隻隻綿羊。

漫長下午也是她的裁縫時間。平時看似一張小桌子的裁縫車，掀開亮漆檯面，拉起偃臥裡面保齡球瓶般的機身，穿好上線與下線；抽屜取出剪刀、布尺、竹尺、畫餅，一捆捆用舊報紙裁的版樣；她撮尖了嘴，唇色雞冠紅，抖開布匹鋪平了，利刃喀嚓開剪。

扭開電晶體收音機聽講古，那走江湖賣唱的雄性聲口，勁道渾厚的吹出上下數百年野史傳奇的雲霧，義賊廖添丁，嘉慶君遊台灣，七世夫妻，陳三五娘，七俠五義。

「一隻飛鏢準備要射出去囉，目標正是白玉堂的目睭。這隻飛鏢並不是普通的暗器，是用世上最毒的七種毒物浸泡七七四十九天而成，你看鏢尖黑金黑金，若給射得，見血封喉，縱是大羅神仙也是無法可醫。」

「雖然講陳三是巧巧人，滿腹詩書，但是伊一見得古井邊正正放著一腳繡花鞋，看詳細千眞萬確是愛妻五娘的，陳三眼前一陣黑暗冥若給雷公打著……」

日頭照不進大廳，祖先的幽靈在半空俯望，一個初老的摩登織女，兩腳踩踏板，送出動力，裁縫車便像火車頭起跑了，噠噠噠噠噠噠，速度因布的形狀或快或慢，如果碰到銳角處或收窄了，噠噠，噠，噠，爬陡坡的步步爲營，過了，心就寬了，噠噠噠噠噠噠。

終於壁鐘噹噹敲響了，祖母抬起頭，有些錯愕，怎麼就四點了？

時針，蜂針的螫人，快步去灶腳洗了米，出來收衣，竹篙仰天一挑，曬乾如蟬蛻的衫褲累成一堆在肘彎。

她喝茶，杯甌底殘茶往門外潑，黃土地一滴不留的吸收，一轉瞬無影蹤。

那是太陽的戲法與神力，將三伏天日時的經緯拉長撐開延展到極大，高密度的光甸甸的綳在地上萬物表層，綳了一層又一層，太重了，所以熱力往內裡輻射，擠走水分子，烘焙得輕而鬆，乾而爽。整間老厝一如才從烤箱端出的薑餅屋。

而鐘擺走動，一顆活跳的鋼鐵的心，那麼的紀律、無誤差，於整點報時，豎起時針的螫。

而圍牆下的喇叭花（百合），伸著鵝頸綠莖，一樣的驕傲。等到欲晚的柔光安撫，才低下了頭。

屋裡捻亮燈泡，嘁嘁叩叩的柴屐。

祖父關門，上栓，門樞一天裡第二次在石臼裡摩擦。

祖父的右手五隻手指在壯年時給機器齊根削斷，剩下的像極了漫畫小叮噹掏百寶袋的圓肉團。

屋外的夜晚天空，除了遠山的稠黑影子，傾斜而厚實，如馬背如牛腹的肌理，血管中的液體因爲大自然意志力的運轉而奔流。要等到多年後，我才知道天體運行銀河流轉的祕密。

也才知道時間全勝的慈悲。

而老壁鐘繼續健走，在昏昏暗冥裡，體恤人的小聲了些，鐘擺絲絲絲絲擦著空氣，在一次又一次的敲響聲中，兩隻指針一如船桅與夜的渾沌海域垂直。

INK
PUBLISHING
印刻

27.	美麗新世紀	廖咸浩著	220元
28.	台灣原住民族漢語文學選集──詩歌卷	孫大川主編	220元
29.	台灣原住民族漢語文學選集──散文卷(上)	孫大川主編	200元
30.	台灣原住民族漢語文學選集──散文卷(下)	孫大川主編	200元
31.	台灣原住民族漢語文學選集──小說卷(上)	孫大川主編	300元
32.	台灣原住民族漢語文學選集──小說卷(下)	孫大川主編	300元
33.	台灣原住民族漢語文學選集──評論卷(上)	孫大川主編	300元
34.	台灣原住民族漢語文學選集──評論卷(下)	孫大川主編	300元
35.	長袍春秋──李敖的文字世界	曾遊娜、吳創合著	280元
36.	天機	履　彊著	220元
37.	究極無賴	成英姝著	200元
38.	遠方	駱以軍著	290元
39.	學飛的盟盟	朱天心著	240元
40.	加羅林魚木花開	沈花末著	200元
41.	最後文告	郭　箏著	180元
42.	好個翹課天	郭　箏著	200元
43.	空望	劉大任著	260元
44.	醜行或浪漫	張　煒著	300元
45.	出走	施逢雨著	400元
46.	夜夜夜麻一二	紀蔚然著	180元
47.	桃之夭夭	王安憶著	200元
48.	蒙面叢林	吳音寧、馬訶士著	280元
49.	甕中人	伊格言著	230元
50.	橋上的孩子	陳　雪著	200元
51.	獵人們	朱天心著	即將出版
52.	異議分子	龔鵬程著	380元
53.	布衣生活	劉靜娟著	230元
54.	玫瑰阿修羅	林俊穎著	200元
55.	一人漂流	阮慶岳著	220元
56.	彼岸	王孝廉著	230元
57.	一個青年小說家的誕生	藍博洲著	200元
58	浮生閒情	韓良露著	220元
59.	可臨視堡的風鈴	夏　菁著	280元

60.	比我老的老頭	黃永玉著	280元
61.	海風野火花	楊佳嫻著	230元
62.	家住聖・安哈塔村	丘彥明著	240元
63.	海神家族	陳玉慧著	320元
64.	慢船去中國——范妮	陳丹燕著	300元
65.	慢船去中國——簡妮	陳丹燕著	240元
66.	江山有待	履　彊著	240元
67.	海枯石	李　黎著	240元
68.	我們	駱以軍著	280元
69.	降生十二星座	駱以軍著	180元
70.	嬉戲	紀蔚然著	200元
71.	好久不見——家庭三部曲	紀蔚然著	280元
72.	無傷時代	童偉格著	260元
73.	冬之物語	劉大任著	240元
74.	紅色客家庄	藍博洲著	220元
75.	擦身而過	莫　非著	180元
76.	蝴蝶	陳　雪著	200元
77.	夢中情人	羅智成著	200元
78.	稍縱即逝的印象	王聰威著	240元
79.	時間歸零	林文義著	240元
80.	香港的白流蘇	于　青著	200元
81.	少年軍人的戀情	履　彊著	200元
82.	閱讀的故事	唐　諾著	350元
83.	不死的流亡者	鄭　義主編	450元
84.	荒島遺事	鄭鴻生著	260元
85.	陳春天	陳　雪著	280元
86.	重逢——夢裡的人	李　喬著	280元
87.	母系銀河	周芬伶著	220元
88.	消失的台灣醫界良心	藍博洲著	280元
89.	影癡謀殺	紀蔚然著	150元
90.	當黃昏緩緩落下	黃榮村著	150元
91.	威尼斯畫記	李　黎著	180元
92.	善女人	林俊穎著	240元

INK PUBLISHING 文學叢書 092

善女人

作　　者　林俊穎
總 編 輯　初安民
責任編輯　高慧瑩
美術編輯　許秋山
校　　對　高慧瑩　林俊穎

發 行 人　張書銘
出　　版　INK印刻出版有限公司
台北縣中和市中正路800號13樓之3
電話：02-22281626
傳真：02-22281598
e-mail:ink.book@msa.hinet.net
法律顧問　漢全國際法律事務所
林春金律師

總 經 銷　成陽出版股份有限公司
訂購電話：03-3589000
訂購傳真：03-3581688
http://www.sudu.cc
郵政劃撥　19000691　成陽出版股份有限公司
門市地址　106台北市新生南路三段96-4號1樓
門市電話　02-23631407
印　　刷　海王印刷事業股份有限公司

出版日期　2005年6月　初版
ISBN 986-7420-69-1
定價　240元

國家圖書館出版品預行編目資料

善女人／林俊穎 著.－－初版，
－－臺北縣中和市：INK印刻，
2005〔民94〕面；　公分（文學叢書；92）

ISBN 986-7420-69-1（平裝）

857.63　　94008746